D1495221

Kenny & le Dragon

Kenny & le Dragon

écrit et illustré par

Tony DiTerlizzi

Traduit de l'anglais (États-Unis)
par Florence Budon

POCKET
jeunesse

Remerciements

Tony aimerait remercier
ANGELA, KEVIN, ELLEN, ARI, SCOTT,
STEVE, JOHN, JENNI, HOLLY et WILL.

———◦∾∾◦———

À la mémoire de
GOBLIN DITERLIZZI
(1994-2006)
Tu resteras toujours source d'amour
et d'inspiration dans nos cœurs.

Titre original :
Kenny and the Dragon

Loi n° 49-956 du 16 juillet 1949
sur les publications destinées à la jeunesse : octobre 2010.

French language copyright© 2010 by Pocket Jeunesse,
an imprint of Univers Poche.
English language copyright© 2008 by Tony DiTerlizzi.
Published by arrangement with Simon & Schuster Books
for Young Readers, an imprint of Simon & Schuster
Children's Publishing Division.

ISBN : 978-2-266-19519-5

À ma fille,

SOPHIA.

C'est ce qui est à l'intérieur qui compte.

Avant que j'oublie...

Il y a bien longtemps… Attendez, je sais ce que vous êtes en train de penser. Vous vous dites qu'un livre qui raconte l'histoire d'un dragon devrait commencer par « Il était une fois… ». Eh bien, dans celui-ci, ce n'est pas le cas parce que, pour être honnête, je ne comprends pas bien ce que veut dire « Il était une fois… ». Une fois, une fois… Pourquoi pas deux ?

À la place, laissez-moi commencer ainsi :

Il y a bien longtemps, un mercredi, dans une ville à l'ouest de la vôtre, un lapin fermier, sa femme et leur fils, Kenneth, allaient se mettre à table pour le dîner.

Bon, d'accord, Kenneth n'est pas un prénom très à la mode. On imagine mal un enfant dire : « Je peux te piquer un crayon, Kenneth ? » Non, aujourd'hui, il l'appellerait plutôt « Ken » ou « Kenny », même si, dans tous les cas, notre Kenny s'en ficherait pas mal qu'on lui prenne un crayon car, voyez-vous, il serait plutôt du genre à avoir tout le temps le nez dans un livre.

Kenny lisait des choses très variées : des ouvrages scientifiques, des romans policiers, mais aussi des récits historiques et même des contes de fées. À vrai dire, les contes de fées et les sciences naturelles étaient ses deux sujets préférés. Pour lui, ils avaient autant d'importance l'un que l'autre dans le monde réel.

Vous ne serez donc pas surpris d'apprendre qu'il aimait l'école. Il posait des questions intéressantes, faisait sérieusement ses devoirs (qu'il accompagnait de notes de bas de page et d'une bibliographie) et il avait toujours un tas d'idées fantastiques sur ce qu'il souhaitait faire plus tard.

Un jour, il voulait devenir astronaute afin de rencontrer des extraterrestres venus d'une planète lointaine. Le suivant, il s'imaginait explorateur dans la jungle à la recherche de dinosaures vivants, ou encore constructeur d'appareils capables de descendre au plus profond des océans à la recherche de villes sous-marines. Il lui venait chaque jour une nouvelle idée.

— Cet enfant a une imagination débordante ! s'exclamait son professeur de littérature.

— Sa connaissance de la faune et de la flore est très impressionnante, ajoutait son professeur de sciences.

— Kenny Lapin ? Il est toujours dans la lune, gloussaient ses camarades.

Dans une certaine mesure, ils avaient raison.

Comme eux, Kenny avait grandi dans une ferme. Son père et sa mère étaient des paysans. Sa famille cultivait des légumes et élevait du bétail depuis des générations. C'est pourquoi, comme la plupart de leurs voisins, ses parents n'avaient pas vraiment le temps de lire : ils étaient bien trop occupés.

— Ce n'est pas avec un livre que tu récolteras le maïs, rouspétait sa mère.

— Tu crois qu'tes livres t'aideront à rentrer les moutons au coucher du soleil ? ronchonnait son père.

Malgré leurs protestations, les parents de Kenny faisaient de leur mieux pour soutenir leur fils dans tout ce qu'il entreprenait. Ainsi, ils écoutaient patiemment les grandes théories qu'il ne manquait jamais de leur raconter pendant le dîner.

— Vous voyez, disait Kenny, il va pleuvoir parce que de l'air chaud et de l'air froid se rencontrent au niveau des couches supérieures de l'atmosphère. C'est ce qui crée le tonnerre et provoque la chute de l'humidité emmagasinée dans les cumulus.

— Je croyais qu'il pleuvait parce que les vaches s'allongeaient, répliquait son père.

Et la plupart des gens du village auraient été d'accord avec lui.

Attendez une seconde... Quel était le nom de ce patelin, déjà ? Je ne peux quand même pas l'avoir oublié. Si mon souvenir est bon, il y avait un cours d'eau dans le coin.

Montbrun ? Non, celui-là se trouve dans la province du Nord.

Cascades-les-Prés ? Non plus. Notre village se situait au bord d'une rivière ou d'un ruisseau...

Rond-le-Ruisseau ! C'est ça ! Les maisons étaient construites en cercle et un ruisseau passait au milieu. (Nom d'un petit bonhomme ! Et dire que j'ai failli l'oublier – voilà bien une étourderie impardonnable.)

Bon, Kenny vivait donc à Rond-le-Ruisseau avec ses parents. Il allait à l'école, accomplissait ses corvées à la ferme et passait le reste de son temps à lire, ce qu'il était justement en train de faire au début de cette histoire.

Chapitre premier

Ce fléau du diable

Le père de Kenny déboula dans la cuisine tout essoufflé. Ses oreilles s'agitaient dans tous les sens. C'était l'heure du dîner et la maman de Kenny préparait leur plat préféré, de la soupe de maïs. Une délicieuse odeur envahissait la pièce lorsque le fermier apparut.

— Faites vos bagages ! On s'en va ! On déménage ! brailla-t-il.

Il avait le poil ébouriffé, et portait un chapeau à large bord. Il essayait de reprendre son souffle, comme s'il avait couru longtemps.

— Déménager ? Pas maintenant, voyons, rétorqua la mère de Kenny. La soupe n'est pas encore chaude, et je dois coudre des pièces sur le pantalon de notre fils pour qu'il puisse aller à l'école demain bien habillé.

Le père de Kenny s'approcha du fourneau, plongea un doigt dans la marmite et admit que le repas n'était pas tout à fait prêt.

— Bas les pattes ! Va te laver les mains, bois un peu de lait et raconte-moi ensuite ce qui t'est

arrivé, dit-elle en ajoutant une pincée de poivre dans la soupe.

Contrairement à son mari, elle était douce, ronde, débordante de tendresse, et ne quittait jamais son tablier et sa cuillère en bois.

Le père de Kenny fit ce qu'on lui demandait. Puis il se gratta les oreilles et commença son histoire :

— J'aurais préféré qu'mes yeux n'voient jamais ce qu'ils ont vu. J'allais chercher les moutons, sur la Colline du Berger, là où ils ont passé la journée à brouter. Dès que j'arrive là-haut, je les aperçois au bout du pré, tout serrés les uns contre les autres et silencieux. Alors, je m'demande : « Mon Dieu, qu'est-ce qui les a effrayés comme ça ? » Je vais de l'autre côté de la colline, tu vois, où il y a les rochers...

— Hum hum. Tiens, goûte. C'est mieux ?

— Oui, beaucoup mieux. Et là je...

— Une seconde, chéri. Kenneth ! Viens mettre la table, s'il te plaît !

Le parquet grinça quand le petit lapin pénétra dans la cuisine, le nez plongé dans un livre. Il lisait une histoire de géant, écrite par un homme qui s'appelait Oscar. Sans lever les yeux, notre Kenny ouvrit le placard et attrapa des assiettes qu'il posa sur la table.

— Pas des assiettes, des bols, Kenneth. Je te l'ai dit tout à l'heure : ce soir, on mange de la soupe de maïs. Allez, descends de ton nuage, arrête ta lecture une minute et mets la table correctement.

Sa mère lui retira le livre des pattes et le posa devant elle, sur le plan de travail.

Ce dernier était en bois, plein d'entailles, d'éraflures et de taches accumulées au fil des ans. Des casseroles et des poêles pendaient juste au-dessus. La mère de Kenny ouvrit une des nombreuses fenêtres rondes de la cuisine pour laisser entrer l'air frais du dehors.

— Tu ne veux pas entendre la fin de l'histoire ? gémit le père de Kenny, les moustaches dégoulinantes de lait.

— Bien sûr que si, chéri. Bien sûr. Qu'as-tu trouvé sur la colline ? demanda-t-elle en goûtant la soupe.

— Je suis donc là, à grimper dans les rochers, et je pense pendant tout c'temps qu'il doit y avoir un loup, un lion ou un ours caché dans l'coin.

Vous vous rappelez ce que je vous ai dit la semaine dernière ? Que j'avais entendu de drôles de bruits qui venaient de la colline ?

Kenny plia les serviettes et les plaça sur la vieille table en bois.

— Oui, je m'en souviens, dit-il. Je croyais que...

— Attends, fiston, attends, l'interrompit son père en agitant les mains. Je fais donc du bruit pour qu'il s'en aille et... c'est là que je le vois.

Kenny cessa de mettre la table et leva les yeux.

— Qui ça ?

Dans son cerveau, ses neurones de petit lapin commençaient à s'agiter. Son père avait rencontré un animal carnivore. Cela ne pouvait pas être un lion – ils vivaient bien plus à l'est. Les loups voyageaient plutôt en meute et on les voyait rarement passer dans la région. Les ours, en revanche, aimaient les endroits rocheux, les grottes...

— Je sens d'abord quelque chose qui brûle. Pas du bois, mais ça fait quand même de la fumée. Puis je vois deux yeux brillants et une tête, grosse comme cette table, qui dépasse de l'ouverture dans la colline. Elle est couverte de cornes, d'écailles et de fourrure. On dirait un crocagator.

— Un *alligator*, le corrigea Kenny en se demandant quelle espèce de reptile avait des cornes et de la fourrure.

— Exactement, sauf qu'il est bleu, avec un cou de dindon et un corps comme les gros lézards qu'on voit dans tes livres.

— Un dinosaure ? Ils ont vraiment existé, tu sais. Des chercheurs ont retrouvé des ossements dans…

— Non, fiston. Ce n'est pas un genre de *Brontosaurus Rex*, affirma-t-il en le regardant droit dans les yeux. Mais une de ces créatures qui volent, mangent les jolies demoiselles et mettent le feu aux châteaux.

Kenny laissa passer un silence. « Pas possible, pensait-il. Ça serait… ? » Il déposa le dernier couvert sur la table.

Son père s'était assis et le fixait de ses grands yeux écarquillés. Jetant un regard à sa mère, Kenny s'aperçut qu'elle s'était arrêtée de cuisiner et qu'elle les observait en silence, la cuillère à la main.

— Papa, est-ce que tu parles d'un dragon ? demanda-t-il.

— Oui, je parle d'un d'ces dragons.

Il se mit à faire les cent pas dans la cuisine en agitant furieusement les bras.

— Il s'est installé sur la Colline du Berger. Il faut vendre la ferme et déménager avant qu'ce diable ne réduise tout en cendres !

Chapitre deuxième

La vaisselle et les devoirs

— Jamais de la vie, déclara la mère de Kenny.

Elle souffla sur sa cuillère pleine de soupe et l'avala à petites gorgées.

— Mais, maman ! C'est un dragon ! Je veux le voir avant les autres !

— Qui sait de quoi cette créature est capable ? Elle pourrait te mordre ou te griffer, et elle est sûrement pleine de microbes. N'est-ce pas, chéri ?

Comme d'habitude, le fermier était beaucoup plus calme maintenant qu'il avait mangé et Kenny le regarda se servir un troisième bol. La délicate cuillère en bois ne semblait pas à sa place dans sa grosse patte, si bien que le petit lapin n'aurait pas été étonné de voir son père porter son bol à sa bouche pour boire goulûment la soupe. À la place, le fermier ajouta d'un air tranquille :

— Si notre Kenny pense qu'il est de taille à affronter un dragon, alors nous devrions le laisser faire. Après tout, continua-t-il en lui adressant un clin d'œil, ce n'est plus un lapereau.

Sa mère replia sa serviette et la posa sur la table.

— D'accord, soupira-t-elle, mais pas avant que tu aies fait la vaisselle et fini tes devoirs.

— Je peux m'en occuper plus tard. Laisse-moi y aller tout de suite, s'il te plaît !

— La vaisselle et les devoirs d'abord, trancha sa mère en le menaçant du bout de sa cuillère.

Kenny débarrassa la table et fit la vaisselle en un temps record. Alors qu'il essuyait le dernier bol, il regarda le soleil qui descendait de plus en plus bas dans le ciel.

Dès qu'il eut tout rangé, il courut dans sa chambre et renversa son cartable sur son lit. Des cahiers se déversèrent, des crayons roulèrent sur le parquet et des pages volantes s'éparpillèrent comme des feuilles d'arbres à l'automne. Kenny farfouilla dans ce désordre et ramassa *Les Étoiles et leurs constellations*, le livre sur lequel il devait faire un compte rendu de lecture. Rien de bien difficile, vu qu'il avait déjà lu ce manuel d'astronomie plusieurs fois ; il ne lui restait plus qu'à rédiger la fiche.

« À moins que, pensa-t-il, je demande à Mme Sconse de le présenter à l'oral. Elle sera sûrement d'accord. Et voilà, j'ai fini mes devoirs ! »

Le problème, c'était que, dans ce cas, il faudrait qu'il parle devant toute la classe. La dernière fois que Kenny s'y était risqué, c'était pour un exposé sur la migration du colibri à gorge rubis et cela ne s'était pas très bien passé. Un de ses camarades s'était mis à ronfler, un autre avait

crié : « Il ronfle, ça nous gonfle ! », ce qui avait provoqué un fou rire général pendant que Kenny essayait tant bien que mal de poursuivre sa présentation. Les enfants n'avaient pas trouvé le sujet intéressant. Mais comment pouvait-on rester insensible à l'idée de cet oiseau minuscule qui volait seul autour du monde ? Si un tout petit colibri pouvait le faire, alors… Kenny stoppa là ses pensées car, sur l'étagère, à côté de son exemplaire des *Histoires incroyables du colibri*, il y avait le bestiaire que lui avait prêté son ami Georges.

Le petit lapin attrapa le volume relié en cuir et l'ouvrit. L'odeur de renfermé et de vieux papier le transporta immédiatement dans la librairie de Georges, dans un fauteuil défoncé, parmi les piles de livres. La boutique avait beau paraître en désordre, elle était très organisée. Mais seul Georges, qui ne quittait presque jamais son petit refuge, savait où chaque chose se trouvait.

Chaque fois que Kenny lui rendait visite, le libraire lui racontait une de ses aventures de jeunesse, généralement autour d'une partie d'échecs, et il lui montrait plein d'ouvrages intéressants. Le petit lapin pouvait les emprunter, à condition d'en prendre soin et de les ramener en bon état. De temps en temps, Georges lui en offrait même quelques-uns.

Kenny feuilleta le bestiaire. Albatros… baleine… chimère…

— Dragon ! dit-il à voix haute.

Il n'avait pas encore lu ce livre en entier. Pour l'instant, il n'avait parcouru que quelques articles. L'illustration montrait une bête féroce, puissante, enroulée sur elle-même et crachant des flammes.

« Un vrai dragon, pensa le jeune lapin. C'est comme si je pouvais voir un dinosaure vivant. Oh, et si je le ramenais en classe pour le cours de sciences naturelles ?! »

Kenny tourna les pages et découvrit de nouvelles images. L'une d'elles représentait un chevalier en armure qui combattait un dragon. Le guerrier tenait un bouclier dans une main et, dans l'autre, une longue lance avec laquelle il avait embroché le reptile géant et le maintenait contre la terre noircie par le feu. D'autres chevaliers gisaient autour d'eux. À ce moment, une petite lumière s'alluma dans l'esprit de Kenny.

— Je n'ai qu'à faire mon compte rendu de lecture sur le bestiaire. Comme ça, j'ajouterai mes propres observations, dit-il avant de fermer le livre d'un coup et de le fourrer dans son cartable en cuir râpé.

Kenny s'élança à travers la maison, attrapant au passage une casserole, une poêle, de la ficelle, un vieux balai et un couvercle de poubelle.

Après avoir attaché la poêle sur sa poitrine à l'aide de la ficelle et de sa ceinture, il mit la casserole sur sa tête, son sac en bandoulière et releva les manches de sa chemise. Enfin, il s'arma du balai et du couvercle et sortit.

Ses parents étaient assis dans leur fauteuil, sur la terrasse. Son père fumait la pipe pendant que sa mère cousait une pièce de tissu sur le pantalon qu'il avait troué au genou.

— Je suis contente que tu portes tes vieux vêtements ce soir, dit-elle sans lever les yeux de son ouvrage. Tu as fini tes devoirs ?

— Oui, maman, répondit Kenny en prenant une lanterne qu'il accrocha au guidon de son vélo.

— Sois prudent, mon Kenneth, lui conseilla son père. J'espère qu'tu sais c'que tu fais.

Il tira sur sa pipe et se balança doucement dans son fauteuil en regardant le coucher de soleil.

— Et dis à cette canaille de ne pas manger mes moutons.

Kenny enfourcha son vélo.

— Tout ira bien, papa. À mon avis, il s'agit seulement d'une guivre. Comme elles ont le sang froid, elles avancent très lentement quand il n'y a plus de soleil. Je pourrai la semer sans problème si la situation se gâte. De toute façon, je veux juste savoir qui elle est, d'où elle vient et ce qu'elle veut.

— Ne rentre pas trop tard, ajouta son père.

Mais Kenny était déjà loin.

Chapitre troisième

Grahame

Kenny posa son vélo au pied de la Colline du Berger, près de la Crique de la Perche. Comme à son habitude, le vieux papi Possum était en train de pêcher et le petit lapin le salua d'un signe de la main.

Il commença à grimper, mais le poids de son armure rendait la progression difficile. Il croisa un chêne et des érables qui se dressaient dans la prairie.

Il s'agissait de la plus haute colline des environs et, d'après ce qu'il savait, elle avait toujours

appartenu à sa famille. L'été précédent, il était
venu y chasser les papillons et ramasser des fleurs
sauvages ; à l'automne il avait lu des livres sous le
saule pleureur qui se trouvait au sommet. Il avait
aussi fait de la luge sur le couvercle de poubelle
qui lui servait maintenant de bouclier. C'était sa
« soucoupe glissante tout terrain », comme le
prouvaient ses multiples bosses et éraflures. Peut-
être le dragon verrait-il ces blessures, ainsi que la
casserole et la poêle noircies par le feu, comme
les marques de violents combats dont Kenny
serait sorti vainqueur… Peut-être lui témoigne-
rait-il ainsi son respect… Peut-être même aurait-
il peur…

Lorsque Kenny parvint au sommet, le soleil avait disparu. Les petites lumières de Rond-le-Ruisseau clignotaient le long de l'horizon. À l'ouest, de gros nuages se paraient de teintes dorées et orange flamboyant, puis ils virèrent au rouge avant de s'apaiser et de revêtir une jolie nuance lavande. À l'est, Kenny aperçut l'étoile Polaire qui scintillait très bas dans le ciel. Juste en dessous, de l'autre côté de la colline, le dragon dormait.

Le petit lapin sentit sa gorge se serrer. Cet animal était plus gros que ceux représentés dans son livre.

Beaucoup plus gros.

Fasciné, Kenny s'approcha à pas de loup. La chance voulait qu'il se trouve sous le vent. Le monstre risquait moins de flairer son odeur et de l'attaquer. Il avait déjà parcouru la moitié du chemin quand il eut l'impression que la créature l'avait repéré. Elle émit un grognement sourd et continu – comme un lion. Mais un lion géant et reptilien, assoiffé de sang. Kenny s'arrêta et ne bougea plus d'un pouce, dans l'espoir que le dragon se rendormirait. Puis, tout à coup, il comprit que la bête ne grognait pas. Elle *ronronnait.*

— Le livre ne parle pas de ça, murmura-t-il.

Il sortit le bestiaire de son cartable. L'illustration montrait un dragon à la peau luisante, couverte d'écailles et à l'air féroce. Kenny le compara au vrai qui sommeillait dans la lumière du crépuscule. Celui-ci semblait plus rond, plus poilu, et beaucoup plus débraillé.

Kenny retint son souffle. Il n'osait pas faire le moindre bruit, même s'il mourait d'envie d'allumer sa lanterne pour mieux voir la créature. Au bout d'un moment, la régularité du ronronnement commença à l'apaiser. Il ferma le livre et le rangea dans son sac.

À cet instant, la bête ouvrit un gros œil jaune citron.

Kenny se figea, bouche bée.

La tête de la créature s'éleva dans les airs et se tourna vers lui. Puis le dragon fit semblant de s'étirer, de bâiller, et de se réinstaller confortablement. (Je suis sûr que vous connaissez très bien cette ruse – « je-fais-semblant-de-somnoler-alors-que-je-suis-parfaitement-réveillé » – qui fonctionne très bien avec les parents, quand ils entrent dans votre chambre pour vérifier que vous dormez…)

Le dragon ferma l'œil, poussa un soupir et dit d'une voix grave et rocailleuse :

— Je ne tolérerai ni les jets de cailloux, ni les coups de bâtons, ni les hurlements. Et ne perds pas ton temps à m'arroser d'eau pour noyer mes flammes, ça ne marche pas du tout. Je viens juste de me trouver un coin douillet sur ce carré d'herbe fraîche, alors pose la nourriture et laisse-moi dormir...

Le dragon prononça ces derniers mots d'une voix pâteuse, puis il replongea dans sa fausse sieste et se remit à ronronner.

Kenny se racla la gorge.

— Hum.

Rien.

— Hum hum !

Toujours rien.

Il était temps d'essayer autre chose. Tous les dragons étaient-ils aussi peu réactifs ? Pas éton-nant que l'espèce soit en voie d'extinction.

— Hum hum !

— Dis, bonhomme, tu n'as pas d'offrandes ? À boire et à manger, par exemple ? Mets-les devant l'entrée et rentre chez toi. Il se fait tard.

— Je... je... je n'ai rien apporté, balbutia Kenny.

— Pas de nourriture ? demanda le dragon sans bouger une écaille. Alors pourquoi as-tu cette poêle et cette casserole avec toi ? Ne comp-tais-tu pas me préparer un délicieux dîner ? (Il jeta un coup d'œil au bouclier-couvercle de pou-belle.) Et me le servir sur ce plateau en métal ?

Non seulement son livre ne précisait pas que les dragons ronronnaient mais il ne parlait pas non plus de cette histoire de cadeaux. L'auteur n'avait visiblement pas pris son sujet au sérieux, ou alors il n'était pas bien documenté. Kenny posa sa lance-balai sur le sol.

— En fait, j'ai lu un article dans mon bestiaire avant de venir, mais… je commence à douter de son exactitude.

— Un bestiaire ? Vraiment ?

Le dragon ouvrit grand les yeux, s'assit d'un bond et frotta ses pattes l'une contre l'autre.

— Voyons voir ça ! s'exclama-t-il en tendant une main.

Cette dernière faisait à elle seule la taille de Kenny et se terminait par de longues griffes crochues.

Le petit lapin sortit le livre de son cartable et saisit le ruban marque-page qu'il avait laissé à l'article « Le dragon ».

— Ne le brûlez pas, s'il vous plaît. Je l'ai emprunté à un ami.

— Le brûler ? Pour quel démon me prends-tu ? Quelle idée ! Autant mettre le feu à ma propre queue !

La créature jeta un œil au titre écrit sur la couverture.

— *Le Bestiaire royal de Sa Majesté*, lut-il. Tiens, tiens.

Puis il étira sa longue queue qu'il glissa dans l'ouverture d'une grotte cachée entre les rochers de la colline. De là, il sortit une paire de lunettes à monture métallique et les plaça sur le bout de son nez. Pour le petit lapin, elles faisaient la taille de deux grosses assiettes. Kenny enleva la casserole qu'il avait sur la tête et s'assit lentement dessus. Il ne voulait pas faire le moindre geste rapide, mais il se tenait prêt à piquer un sprint au cas où la bête montrerait le moindre signe d'agressivité.

— Oh, évidemment, c'est quand on me met un livre entre les mains qu'il n'y a plus un brin de lumière ! Cela t'ennuierait-il d'allumer ta lanterne ?

— Euh, non, répondit Kenny. Bien sûr.

Alors qu'il s'exécutait, des lucioles apparurent au sommet de la colline. Elles virevoltèrent autour de la tête du monstre, révélant son sourire hérissé de dents pointues qui s'étirait à mesure que les pages défilaient.

Assis sur sa casserole, Kenny fit mine d'avoir l'air détendu. Il arracha un brin d'herbe et se mit à le mâchouiller.

— Depuis combien de temps êtes-vous ici ? demanda-t-il.

— Difficile à dire, marmonna le dragon en tournant les pages. Pff ! Foutaises ! Le style du livre est agréable, mais les informations sont complètement fausses.

— Comment ça ?

— Regarde, ici : *Le dragon tire sa force de sa longue et dangereuse queue couverte d'écailles. Ainsi, il suffit de la nouer pour le mettre hors d'état de nuire. Mais, attention, le dragon tue quiconque s'approche de ses griffes acérées.* Faux ! Toi, petit bonhomme, tu trucides tous ceux que tu croises ?

— Euh, non, répondit Kenny.

Il regrettait que sa casserole ne se trouve plus sur sa tête et s'agrippait de toutes ses forces à son bouclier-couvercle de poubelle.

— Tu vois, fit le dragon. Et pourtant, de manière générale, les gens détruisent à peu près tout ce qui passe à portée de leur main ; c'est en tout cas leur intention lorsqu'ils croisent une créature de mon espèce. Mais moi, est-ce que je suis en train d'essayer de te tuer ?

Kenny réfléchit. Était-ce un piège ? Son cœur battait comme un tambour ; il se demanda s'il ne ferait pas mieux de prendre la fuite en laissant ce qu'il avait emporté derrière lui. Ses parents lui en voudraient sûrement d'avoir abandonné la casserole et la lanterne sur la colline. Georges serait probablement fâché aussi pour son bestiaire. D'ailleurs, Kenny n'avait pas assez d'argent de poche pour rembourser le livre. Finalement, il leva les yeux vers le dragon.

— Non, vous n'êtes pas en train d'essayer de me tuer.

— Et je n'en ai pas l'intention. La vérité, c'est que je n'ai jamais tué personne de ma vie, dit-il en fermant l'ouvrage. Il y a longtemps, c'était une sorte de mode chez les dragons. Ils incendiaient les châteaux, combattaient les chevaliers et mangeaient les jolies princesses. Personnellement, ça n'a jamais été ma tasse de thé. Moi, je suis plutôt ce qu'on appelle un « intellectuel ». J'ai plaisir à découvrir le monde et ses merveilles, pas à le détruire. Je préfère admirer l'architecture d'un

château que le réduire en cendres, inviter un chevalier à disputer une bonne partie d'échecs que l'affronter en duel. Et jamais je ne mangerais de princesse. Je me verrais mieux lui offrir un magnifique bouquet de fleurs – assorti aux tentures de son palais, bien entendu.

— Vraiment ? fit Kenny.

Cette créature n'était pas du tout comme il l'avait imaginée. Elle ne représentait aucun danger et n'avait rien de diabolique.

— Oui, confirma le dragon dans un soupir. J'ai toujours vécu selon la maxime « Vivre et laisser vivre », ce qui m'a très bien réussi, jusqu'à ce que je me fasse piéger.

Kenny posa son bouclier-couvercle de poubelle et desserra les liens de la poêle attachée à sa poitrine.

— Piéger ? répéta Kenny pour l'encourager à continuer.

— Ça m'a pris par surprise. Un jour, je piquais un somme sous un arbre – qui ressemblait fort au saule qui se trouve juste là – quand le sol s'est dérobé et m'a avalé tout entier.

— Vous avez dû être victime d'un tremblement de terre ! Ouah ! s'exclama Kenny en sautant à pieds joints sur sa casserole. Comment avez-vous survécu ?

— J'ai bu de la lave et mangé des pierres volcaniques, ce qui m'a permis de cracher des flammes pour la première fois de ma vie. Évidemment, cela m'a aussi causé d'épouvantables brûlures d'estomac qui me tourmentent encore aujourd'hui, mais ce n'est pas bien grave, parce que la lave et les pierres volcaniques m'ont sauvé la vie.

— Ah ?

— Oui, je me suis assis et... hum, je me suis d'abord reposé. À vrai dire, j'ai *dormi* sous la terre pendant des années et des années. Je rêvais sans cesse de la vie ici, à la surface : les couchers de soleil magnifiques, le murmure du vent dans les arbres, les oiseaux qui pépient gaiement, les jonquilles... oh, et la crème brûlée.

À ces mots, le dragon se redressa de toute sa hauteur, ce qui fit danser les lucioles autour de lui. Il leva les yeux et Kenny suivit son regard. Le ciel était tellement clair, la Voie lactée si lumineuse, qu'il avait du mal à faire la différence entre les lucioles et les étoiles. Le dragon inspira profondément avant de se retourner vers Kenny.

— Finalement, je me suis réveillé. En crachant des flammes, j'ai réussi à pulvériser la roche, à ronger la terre et à creuser un tunnel jusqu'à la surface. Comment aurais-je pu me résoudre à me passer d'une telle splendeur ?

— Quelle histoire ! admit Kenny. Et maintenant, que comptez-vous faire ?

— Pas grand-chose. Profiter de l'air frais de la campagne, bien manger, dévorer tous les bons livres sortis pendant mon absence et écrire des poèmes. J'avoue que je suis assez doué dans ce domaine. Veux-tu m'écouter ? J'ai essayé, tout à l'heure, de réciter quelques vers à un individu plus vieux que toi, mais il est parti en courant. Il faut croire que je provoque encore de l'inquiétude chez certaines personnes.

— C'était mon père, précisa Kenny. Vous l'avez terrifié.

— Terrifié ? Mon Dieu ! Mes rimes étaient-elles si mauvaises ?

— Je crois que vous ne comprenez pas la situation, déclara Kenny. Les gens pensent que vous êtes une créature démoniaque et qu'il faut vous chasser. C'est expliqué dans ce livre.

Le dragon posa une griffe sur sa bouche et laissa échapper un petit rire.

— Me chasser ? Pour quel motif ? Ce n'est tout de même pas ma faute si les gens écrivent n'importe quoi !

— Mais vous ne…

— KEN-NETH !

L'appel résonna à travers les pâturages.

— C'est ma mère. Il faut que j'y aille, sinon mes parents vont s'inquiéter, indiqua Kenny en reprenant sa lanterne. Puis-je récupérer mon livre, monsieur le dragon ?

— Grahame, répliqua ce dernier. Ce fut un plaisir de bavarder avec toi, euh…

— Kenny. En réalité, c'est Kenneth, mais tout le monde m'appelle Kenny.

— Bien, Kenny, dit le dragon en lui tendant sa lance et son bouclier improvisés. Fais-moi l'amitié de revenir bientôt, et amène ta famille avec toi. Oh, j'ai une meilleure idée ! Dînons tous ensemble demain soir. Toi, tu apporteras à manger, et moi, j'assurerai le spectacle. Est-ce que ta mère est bonne cuisinière ? Dis-lui que j'adore les soufflés, les carottes glacées, la purée de pommes de terre et, bien sûr, la crème brûlée.

— Ah, d'accord, je transmettrai le message. Et le livre ?

— Oh, s'il te plaît, laisse-le-moi pour la nuit. J'adore les histoires !

Sur ce, Kenny dévala la colline et sauta sur son vélo. Tout excité, il pédala à fond jusqu'à sa maison, impatient de raconter à ses parents que le dragon qui s'appelait Grahame était, chose incroyable mais vraie, une créature extrêmement curieuse et cultivée.

Chapitre quatrième

Au poil

Il était tard maintenant. La mère de Kenny faisait les cent pas devant la maison, impatiente de voir son fils arriver. Son mari, lui, n'était pas inquiet. En matière de sciences naturelles et de contes de fées, il faisait confiance à leur petit lapin.

Lorsque Kenny surgit des ténèbres et apparut dans la lumière jaune du porche, il savait déjà que ses parents n'accepteraient pas facilement l'invitation de Grahame. C'est pourquoi il décida de leur raconter en détail sa rencontre avec le dragon.

Pendant son bain, il rassura sa mère :

— Il y a plusieurs siècles, il a été englouti par un tremblement de terre. Il a survécu en buvant de la lave et en mangeant de la roche volcanique, mais il est gentil, il ne brûle pas les gens.

Alors qu'il se mettait au lit, il expliqua à son père :

— Grahame dit qu'avant il y avait plein de dragons partout, qu'ils dévoraient les gens et

incendiaient les châteaux, mais ne t'inquiète pas, il ne va pas me manger.

Puis, au petit déjeuner, le lendemain, il leur annonça à tous les deux :

— Il aime lire, réciter des poèmes, et il adore la crème brûlée. J'ai hâte de le revoir !

— Je suis ravie que tu aies trouvé quelqu'un avec qui tu t'entends si bien, Kenneth, déclara sa mère en glissant une quatrième fournée de pancakes dans l'assiette de son mari, mais si tu prévois de passer du temps avec ce dragon, je pense que ton père et moi devrions le rencontrer. Qu'en dis-tu, chéri ?

— Je suis d'accord, approuva le père de Kenny en sirotant son café. Tant que ce n'est pas un piège pour croquer mes moutons ou nous dévorer tout crus.

Ainsi, après l'école, une fois le troupeau rentré, la famille Lapin trottina jusqu'à la colline, des paniers de pique-nique à la main.

Quand ils approchèrent du sommet, le père de Kenny leur fit signe de s'arrêter. Il s'appuya sur son bâton de marche et observa Grahame en mâchonnant un brin d'herbe.

L'énorme créature aux écailles bleues était en train d'arranger les rochers devant sa grotte. Elle fit un pas en arrière, en déplaça un, puis un autre, avant de reculer à nouveau pour admirer son travail. Finalement, le dragon s'aperçut qu'on l'observait.

— Ah ! Bienvenue ! s'exclama-t-il avec un sourire qui découvrit ses dents pointues. Je faisais un peu de ménage en vous attendant.

Le père de Kenny posa une patte sur l'épaule de son fils et parla en premier :

— Vous n'êtes donc pas l'genre à raconter des sornettes pour nous mettre dans votre assiette ?

Grahame écarquilla les yeux et laissa échapper un petit cri.

— Mon Dieu, non ! répondit-il. Si je vous tendais un piège, ce serait dans un tout autre but ! Vous demander de réciter votre poème préféré, par exemple. Si j'en crois la maxime « Tel

père, tel fils », vous devez être un ami de la littérature ?

Le père de Kenny garda le silence et continua à mâchouiller son brin d'herbe. Quand le dragon l'interrogea du regard, le petit lapin se contenta de hausser les épaules. Heureusement, sa mère attrapa son mari par le bras et sourit à Grahame.

— Nous sommes ravis de faire votre connaissance, monsieur le dragon. Et je vous remercie de ne pas nous manger. De toute façon, je pense que vous préférerez mille fois ma cuisine.

Elle se tourna vers Kenny.

— Kenneth, mon chéri, aide-moi à étendre la nappe de pique-nique.

— Oh, permettez-moi de m'en occuper, intervint Grahame en se précipitant.

Il marcha alors sur le pied du père de Kenny. Ce dernier ne dit rien, mais ses yeux, ronds comme des billes, parlaient pour lui.

— Je suis vraiment désolé, s'excusa Grahame, avant d'être secoué par un hoquet.

Une boule de feu s'échappa de sa gueule et alla s'écraser sur le fermier, lui roussissant tous les poils au passage. Kenny dut serrer les lèvres pour s'empêcher de rire.

— Nom d'un petit bonhomme ! s'écria le dragon en se couvrant la bouche. Je, hic ! suis un peu maladroit aujourd'hui, et quand je deviens nerveux, je, hic !…

La mère de Kenny retira son tablier pour essuyer le visage de son mari.

— Kenneth, dit-elle, va puiser de l'eau fraîche afin que ton père trempe son pied.

— Il y a une crique, hic ! au pied de la colline, intervint Grahame en saisissant le seau qui avait servi à transporter les boissons.

Au bout de sa griffe, le récipient semblait faire la taille d'une tasse à café.

— Je m'en, hic ! charge.

Sur ce, le dragon partit en sautillant.

La mère de Kenny se tourna vers son mari et lui remit son chapeau sur la tête.

— Je ne veux rien entendre, le prévint-elle. Tout va bien se passer. En plus, c'est ta faute s'il est dans tous ses états.

———— ❧ ————

Une fois le pied du fermier plongé dans le seau d'eau, Kenny et sa mère étalèrent la nappe à carreaux et sortirent un délicieux pique-nique avec un soufflé aux radis, des carottes glacées sucrées et des pommes de terre persillées.

— Oh, cela faisait bien, bien longtemps que je n'avais pas mangé de si délicieux amuse-gueule ! s'exclama le dragon.

À ces mots, il saisit le saladier de carottes et le renversa entre ses mâchoires grandes ouvertes.

— Holà, tout doux ! protesta la mère de Kenny en lui donnant un coup de cuillère en bois. Un peu de tenue, je vous prie !

— Mes excuses, bafouilla Grahame avant de reposer délicatement le saladier sur la nappe. C'est juste que… ce repas est fabuleux. Ces arômes me mettent tellement l'eau à la bouche que je perds tout contrôle.

Le petit lapin ne put se retenir de rire en voyant la mine déconfite de son ami.

Le dragon leur raconta ensuite ce qu'il avait entendu dire des festins donnés à la cour du roi et confia même quelques recettes à la mère de Kenny.

Puis il caramélisa la crème brûlée d'un jet de flammes expert soufflé de sa narine gauche, et tout le monde la trouva délicieuse. Le père de Kenny fuma sa pipe pendant que Grahame récitait ses poèmes préférés au son des grillons. Kenny admira les lumières de la ville en contrebas et pensa qu'il était en train de vivre l'une des meilleures soirées de sa vie.

— Bien, monsieur Grahame, dit la mère de Kenny. Il est temps que nous rentrions. J'ai une cuisine à ranger et un garçon à mettre au lit. Demain, il y a école.

— Bien sûr. Merci de m'avoir rendu visite, répondit Grahame. Le dîner était somptueux.

Il se tourna ensuite vers le père de Kenny.

— Encore toutes mes excuses pour votre pied. J'espère que cela va aller ?

— Comme sur des roulettes, monsieur le dragon.

Le fermier marqua une pause et se caressa les moustaches, avant d'ajouter :

— Vous savez, cette colline, elle se trouve sur nos terres, alors, vous pouvez rester ici autant d'temps qu'ça vous chante. Mais faut faire bien attention à vous, parce que j'pense pas qu'tout le monde apprécie qu'vous viviez dans l'coin.

— Motus et bouche cousue.

— Salut, Grahame, dit Kenny en lui serrant la patte (enfin, la griffe). On se voit demain ?

Les yeux jaune citron se tournèrent vers les parents de Kenny.

— Oh, bien sûr, acquiesça sa mère, mais papa a raison : il faut rester prudent.

La semaine d'après, Kenny ne trouva pas l'école aussi amusante que d'habitude. Les vacances d'été approchaient et tous les élèves étaient très excités, mais lui, il ne pensait qu'à monter sur la colline pour passer le reste de la journée avec Grahame.

Ainsi, tous les après-midi, Kenny rendit visite à son nouvel ami. Puis, le week-end arrivé, sa mère invita le dragon à dîner. Comme il était beaucoup trop gros pour entrer chez eux, ils lui firent passer la tête par une fenêtre de la cuisine. De cette manière, Grahame put accéder à la table qu'ils avaient dressée à son intention.

Les vacances commencèrent le mardi suivant, après la classe. Impatient de raconter sa journée à Grahame, Kenny prit son vélo et pédala le plus vite possible jusqu'à la Colline du Berger. Il trouva le dragon assis devant un piano droit. Des cordes jaillissaient de ses entrailles comme un bouquet de fleurs fanées.

— Hé, bonhomme ! Regarde ce que ta mère a trouvé dans votre grange. Je vais essayer de le réparer.

Grahame tira sur une corde et appuya doucement sur une touche.

— Génial, dit Kenny. Au fait, j'ai eu la note
de mon compte rendu de lecture, aujourd'hui.

— Et ?

— La maîtresse ne m'en a pas voulu d'avoir
changé de livre. De toute façon, elle sait que j'ai
déjà lu *Les Étoiles et leurs constellations*. Mais elle
n'a pas trop aimé ma critique du *Bestiaire royal de
Sa Majesté*. D'après elle, il a été écrit par les
meilleurs chercheurs du royaume, vu qu'ils ont
tous été engagés par le roi.

— Le roi, le roi… Qu'est-ce qu'il y connaît ?
ronchonna Grahame en enfonçant une nouvelle
touche.

— Je sais. J'ai même dit à la maîtresse que
moi, contrairement aux auteurs du livre, j'avais
vu un *vrai* dragon de mes propres yeux.

Grahame s'arrêta de pianoter et se tourna
vers Kenny.

— Qu'est-ce qu'elle a répondu ?

— Que j'avais beaucoup d'imagination, et
elle m'a mis un B pour récompenser mes
efforts.

— Bien joué ! Tu finiras par écrire ton propre
bestiaire un de ces jours, tu verras.

Le dragon sourit et se remit à accorder son
piano.

— Alors, dit Kenny en renversant son cartable dans l'herbe, qu'est-ce qu'on lit, maintenant ?

Les livres qu'il avait pris sur les étagères de sa chambre dégringolèrent à ses pieds.

Pendant les semaines suivantes, les deux amis dévorèrent tous les livres que le petit lapin possédait.

— J'ignorais qu'il y avait eu plein d'autres lézards géants sur la planète. Quelle joyeuse période cela a dû être ! s'exclama Grahame à la lecture d'un ouvrage sur les dinosaures…

— Oh ! Ce Beowulf ne savait vraiment pas maîtriser sa colère, grogna-t-il lorsqu'ils finirent les aventures du célèbre guerrier nordique. C'était une sacrée fripouille, si tu veux mon avis !…

— Tu veux dire que ces affreuses petites bêtes rampantes se transforment en magnifiques papillons ? C'est de la magie ! s'écria le dragon devant un livre sur les insectes.

Certains jours, les deux amis étaient trop excités pour lire. Ils s'inventaient alors tout un tas d'autres jeux.

— Je n'aurais jamais cru que l'on pouvait fabriquer de tels engins avec si peu de choses, remarqua Kenny un après-midi venteux, alors que leurs cerfs-volants virevoltaient au-dessus de la colline.

— Je ne suis pas doué pour l'aquarelle, soupira Grahame un soir, au crépuscule. Pourtant ce coucher de soleil est vraiment joli. Et ta peinture est magnifique !

— Ma mère jouait souvent du piano, avant, déclara le petit lapin un jour qu'il était assis devant l'instrument. Elle n'en reviendra pas quand elle m'entendra jouer *Chopsticks*. C'est son morceau préféré.

———⁂———

Un vendredi après-midi ensoleillé, les deux amis s'installèrent à l'ombre du grand saule, sur un vieux tapis que la mère de Kenny avait donné à Grahame.

— Je voudrais lire d'autres contes des frères Grimm, dit le dragon en croquant dans une poire. Leurs histoires sont très divertissantes.

— Je les aime beaucoup aussi, acquiesça Kenny avant de tendre la main vers le panier de fruits. Tu sais, Georges, mon ami qui tient la librairie du village, m'a dit que ce n'étaient pas eux qui les avaient inventées.

— Ah bon ? Qui est-ce alors ?

— Les gens de la campagne autour de chez eux. Ils ont raconté leurs histoires aux frères Grimm qui, eux, se sont occupés de les collecter et de les mettre par écrit.

— Ça alors ! fit Grahame, la bouche pleine de poire. Ils devaient vivre dans une région formidable, vu la beauté des contes qu'elle a inspirés !

— Oui. Dommage qu'ici les gens soient plus occupés à moissonner leurs champs qu'à raconter des histoires, marmonna Kenny.

— Nous avons tous besoin de manger, répliqua Grahame en se curant les dents. Cela dit, je suis sûr que toi, tu serais capable d'en inventer une. Je pourrai t'aider si tu veux.

— Vraiment ?

— Pourquoi pas ? Il faut bien que quelqu'un écrive de nouvelles histoires pour les enfants !

Kenny réfléchit à la question un moment, puis il regarda les livres éparpillés sur le tapis.

— Grahame, dit-il, les autres enfants du village… ils ne… enfin… ils ne me comprennent pas bien. Je ne suis même pas sûr qu'ils m'apprécient.

— N'importe quoi ! C'est absurde, affirma le dragon avant de se mettre à compter sur ses griffes. Tu es cultivé, tu adores la nature, la gastronomie, la musique, l'art, la poésie… Que te reprocheraient-ils ?

Le garçon laissa échapper un soupir.

— Ce que je veux dire, enchaîna-t-il, les yeux baissés, c'est que tu es le meilleur ami que j'aie jamais eu.

— Vraiment ? demanda Grahame, tout étonné.

Ses gros yeux jaunes brillaient dans la pénombre du saule.

— Tu sais, bonhomme, moi je te trouve au poil.

— Malgré ma longue et dangereuse queue couverte d'écailles ? plaisanta Kenny.

— Oui, même avec ta vilaine queue, fléau diabolique ! s'exclama Grahame en lui lançant un trognon de poire.

Le petit lapin l'esquiva avec agilité et se réfugia derrière le tronc d'arbre.

— Dis-moi, reprit le dragon, existe-t-il d'autres conteurs comme ces frères Grimm ?

— Oh, oui. Georges m'a parlé d'un monsieur qui s'appelle Hans *quelque chose*.

Kenny réapparut de l'autre côté du tronc.

— Je peux emprunter un de ses livres la prochaine fois.

Il jeta un trognon de poire sur Grahame qui réussit à l'attraper entre ses mâchoires et à le recracher en direction de Kenny.

— J'irai voir Georges demain, déclara le petit lapin en se baissant pour éviter le trognon volant. Cela fait longtemps que je ne suis pas passé à la librairie.

Ainsi, tôt le lendemain, une fois ses corvées terminées, Kenny enfourcha son vélo et partit au village pour rendre les livres qu'il avait empruntés à son ami Georges.

Dans la rue principale, un attroupement inhabituel attira son attention. Des dizaines de personnes s'agitaient et rouspétaient autour du petit vendeur qui distribuait ses journaux aussi vite que ses pattes le lui permettaient. Les gens murmuraient, chuchotaient et poussaient des grognements.

« Grahame aimera sûrement lire les nouvelles », pensa Kenny qui sauta de son vélo et se fraya un

passage à travers la foule. Il en profita pour écouter ce qui se disait autour de lui :

— On viendra de partout, et croyez-moi, il va y avoir du grabuge !

— Foutaises ! Je n'en crois pas un mot.

— Quelqu'un l'aurait vu *de ses propres yeux*.

— Et les enfants ? Vous pensez qu'il faudrait un couvre-feu ?

— Ne vous inquiétez pas. Le problème sera bientôt réglé.

Puis Kenny lut les gros titres :

UN DRAGON APERÇU À ROND-LE-RUISSEAU !
INFÂME CRÉATURE REPÉRÉE SUR LA COLLINE
DU BERGER !
N'AYEZ CRAINTE, CITOYENS —
EXTERMINATION IMMENENTE !

Chapitre cinquième

Pas le moins du monde

Kenny regardait le journal avec stupéfaction. Les habitants de Rond-le-Ruisseau avaient découvert l'existence de Grahame et voulaient *exterminer* le dragon. Qu'allait-il bien pouvoir faire ?

— S'il saccage nos récoltes ? Ce serait un désastre, gémit un vieux fermier.

— Qu'il essaye donc de mettre le feu à mes champs, je me vengerai ! aboya un autre en serrant les poings.

— On n'a qu'à le chasser d'ici. Qui est avec moi ?

— Mais, où est-il ?

Le petit vendeur de journaux montra Kenny du doigt.

— Demandez-le-lui. Le dragon vit sur sa colline. Il a raconté à toute la classe qu'il l'avait vu de ses propres yeux.

Tous se turent et se tournèrent vers le petit lapin. Une étrange sensation frappa Kenny à l'estomac, comme si une rivière de cailloux avait tout à coup gargouillé au creux de son ventre. Il bondit sur son vélo et partit à toute allure.

Il s'arrêta en faisant crisser ses pneus, juste devant la boutique de Georges. La librairie *Le Terrier* se trouvait dans une rue calme, bordée de jolies devantures sagement alignées. Par chance, personne ne semblait l'avoir suivi.

Une clochette tinta lorsqu'il poussa la porte de la boutique et se faufila à l'intérieur. Laissant le lourd battant de chêne se refermer derrière lui, Kenny jeta un dernier coup d'œil à travers la vitre pour vérifier que personne ne lui courait après – la rue pavée était déserte.

Alors qu'il reprenait doucement son souffle, une odeur familière de bois, de vieux livres en cuir et de thé vert l'assaillit. Il se glissa dans la lumière tamisée à travers le labyrinthe d'étagères et de fauteuils poussiéreux.

Se postant devant la caisse et son comptoir encombré de piles de livres, il vit Charlotte, la jeune employée de Georges, passer la tête par la porte de l'arrière-boutique. Un peu plus âgée que Kenny, la jeune fille était l'une des demoiselles les plus populaires du village. Ses parents, des artisans tailleurs, habitaient la porte à côté et elle aidait souvent Georges à la librairie.

— Coucou, Kenny, on ne t'a pas beaucoup vu récemment. Quoi de neuf ?

— Salut, Charlotte. Ça va, répondit-il en posant ses livres sur le comptoir. Georges est dans les parages ?

Depuis quelque temps, Kenny était très intimidé en présence de Charlotte. Il avait même du mal à soutenir son regard. Elle avait des yeux si grands et si brillants qu'il ne pouvait s'empêcher de fixer le bout de ses pattes dès qu'il l'apercevait.

— Tu ne me croiras jamais, dit-elle avec un petit rire. Il est sorti ! Il est allé à la poste pour récupérer un colis. Il paraît qu'il s'agit d'un truc officiel envoyé par le roi.

Hein ? Kenny avait souvent entendu parler des exploits de Georges, mais il avait toujours eu du mal à croire que son ami les avait réellement accomplis. À vrai dire, il le soupçonnait de s'inspirer largement des livres qu'il lisait. Mais cela n'empêchait pas Kenny de penser que Georges était la personne la plus intelligente de Rond-le-Ruisseau et que, si quelqu'un pouvait l'aider à résoudre le « problème Grahame », c'était lui. Malheureusement, il fallait qu'il soit absent le jour où il avait le plus besoin de lui parler.

— Eh ! Tu as vu le vendeur de journaux aujourd'hui ? Un dragon ! On a aperçu un *vrai* dragon près d'ici, c'est incroyable ! s'exclama Charlotte en s'éloignant avec les livres qu'il avait rapportés. D'après la rumeur, papi Possum l'aurait surpris en train de boire au bord de la Crique de la Perche.

« Génial, pensa Kenny, maintenant que tout le monde sait où se trouve Grahame, il ne faudra pas longtemps avant que quelqu'un le voie

gambader au sommet de la colline. Oh, pourquoi Georges met-il autant de temps ? » Il suivit
Charlotte dans l'allée consacrée aux sciences
naturelles.

— Oui, je sais… c'est fou. Eh, tu pourrais
dire à Georges que je reviendrai demain ?

— Tu ne veux vraiment pas l'attendre ? Il ne
va pas tarder. Tu sais, il avait hâte que tu lui ren-
des visite.

Charlotte reposa le bestiaire sur une étagère.

— Non, répondit-il en suivant le livre du
regard. J'ai des choses à faire.

— D'accord. La boutique est fermée demain,
mais il sera chez lui.

Elle s'arrêta brusquement de ranger les
livres.

— Kenny, tu es sûr que ça va ?

— Oui, je suis juste un peu préoccupé.

— Je comprends, on l'est tous depuis que ce
monstre rôde dans les parages. Mais ne t'inquiète
pas, ajouta la jeune fille en le fixant de ses grands
yeux brillants, je suis certaine que tout va bien se
passer.

⟞⟝

De retour sur la colline, Kenny trouva Grahame en train de jouer la comédie devant ses
parents et leur troupeau de moutons (qui s'étaient
désormais habitués à la présence du dragon).
Grahame avait une couronne de fleurs sur la
tête.

— Non, pas pour tout ton royaume féerique.
Mes fées, partons. Si je reste plus longtemps,
nous nous fâcherons pour de bon.

À ces mots, le dragon se mit à courir autour
de la colline, effrayant les moutons qui s'enfuirent dans toutes les directions. Il s'arrêta quand
il vit Kenny arriver en poussant son vélo.

— Hello, bonhomme ! Tu arrives juste à
temps ! Tu peux jouer le roi Oberon, ajouta-t-il
avec son grand sourire qui découvrait toutes ses
dents.

— Salut, répondit Kenny.

Il posa son vélo contre le tronc du saule pleureur. Puis il rejoignit ses parents en traînant la
patte, s'assit à côté d'eux et se versa un verre de
limonade.

— Que se passe-t-il, Kenneth ? demanda sa
mère en lui essuyant le visage avec le bas de son
tablier.

Kenny se dégagea et plongea la main dans son
cartable.

— Ça, fit-il en se levant pour donner le journal à Grahame.

— Qu'est-ce qui cloche, Kenneth ? demanda
son père. Qu'est-ce qu'ils racontent ?

— Ils disent qu'il faut m'exterminer, répondit
le dragon.

Les parents de Kenny échangèrent un regard
stupéfait.

— Regardez ici, ce scribouillard a fait une
faute à « imminente ». Pff !

Grahame continua à feuilleter les pages.

— Oh ! Des mots croisés !

— Quoi ? Tu n'es pas inquiet ? s'exclama Kenny.

— Pas le moins du monde. Il n'y aura pas d'extermination. Qu'elle soit « imminente » ou pas, souligna Grahame avec un clin d'œil à son intention. Allez, reprenons. On arrive au meilleur passage de la pièce.

— Je ne suis pas d'humeur aujourd'hui. Ça t'embête si je ne fais que regarder ?

— Pas du tout. J'espère néanmoins recevoir un bouquet de fleurs à la fin de mon spectacle exceptionnel, déclara le dragon en souriant.

Kenny se rassit à côté de ses parents et Grahame reprit là où il s'était arrêté, visiblement indifférent à ce qui se tramait au village. Le père de Kenny sirotait sa limonade. Sa mère tricotait une manique. Mais Kenny, malgré son calme apparent, ne réussit pas à oublier la rivière de cailloux au fond de son estomac.

Chapitre sixième

Rififi à Rond-le-Ruisseau

Tel un bulldozer, Kenny poussa ses jouets et ses livres sous son lit. Sa mère lui avait demandé de ranger sa chambre et de trier ses affaires sales. Il courut à la buanderie, laissant une ribambelle de tee-shirts et de chaussettes derrière lui, et jeta un paquet de linge dans une panière en osier. Il n'avait qu'une seule idée en tête : parler à Georges.

Son petit déjeuner avalé, Kenny pédala jusqu'au village. Il y avait encore plus de monde que la veille. Le petit lapin peinait même à avancer à vélo, à tel point qu'il dut mettre pied à terre pour se frayer un chemin dans la foule, inquiet à l'idée de ce qui avait attiré tous ces gens hors de chez eux.

Ses craintes furent vite confirmées. Au coin de la rue principale, papi Possum racontait sa rencontre avec Grahame :

— Il était grand comme ça, déclara-t-il, le doigt tendu vers l'auberge du village.

La foule poussa des « oh ! ».

— Il avait deux yeux brillants et diaboliques,

et des dents comme des dagues dégoulinantes de sang. Je suis sûr qu'il venait de commettre un meurtre et qu'il se rinçait les babines pour dissimuler les preuves. J'ai failli y laisser ma peau !

La foule poussa des « ah ! ».

Kenny baissa la tête afin que personne – surtout pas papi Possum – ne le remarque.

Au coin de la rue, il tomba sur une bande de ménestrels qui chantaient des histoires de dragons terribles, de chevaliers héroïques et de jeunes filles en fleurs. Derrière eux, une horde d'enfants armés d'épées en bois se battaient en poussant des cris :

— Je vais te tuer, dragon ! Je vais te tuer !

Alors qu'il les regardait descendre la rue en trottinant, Kenny bouscula un marchand qui poussait un chariot.

— Tuniques et cravates brodées de dragons ! aboya-t-il. Achetez votre tee-shirt officiel de Rond-le-Ruisseau !

Il marqua une pause et observa Kenny.

— Pour toi, il te faut la plus petite taille, déclara-t-il avant de lui fourrer un tee-shirt entre les mains.

Le motif imprimé représentait un dragon de dessin animé à l'air bébête, qui crachait des flammes orange. Les yeux de Kenny s'arrondirent. Il jeta le tee-shirt par terre et remonta sur son vélo. Dans sa précipitation, il faillit renverser une petite fille en train de grignoter un cookie en forme de dragon.

Recouvrant son sang-froid, il finit par gagner la petite rue calme dans laquelle se trouvait la boutique de Georges. Il sauta de son vélo et frappa à la porte. La pancarte pendue derrière la vitre poussiéreuse indiquait FERMÉ LE DIMANCHE.

Un blaireau d'un certain âge, plus vieux que le père de Kenny, vint lui ouvrir. Il avait les cheveux gris, la barbe et la moustache blanches, et parlait d'une voix grave et sage.

— Kenny, mon garçon ! Mon petit page ! Je suis tellement content de te voir ! Entre, entre ! s'exclama-t-il en entraînant le jeune lapin à l'intérieur et en verrouillant la porte derrière lui.

Ils gagnèrent l'arrière-boutique et gravirent

les marches qui conduisaient à l'appartement du premier étage.

— Charlotte m'a dit que tu étais passé hier. Je peux t'offrir quelque chose à boire ? Une limonade de bouleau ?

— Hum, oui, répondit Kenny en s'asseyant dans le bureau de Georges, devant la partie d'échecs qu'ils avaient commencée lors de sa précédente visite.

Le vieil homme lui avait appris à jouer des années auparavant et, depuis, ils avaient toujours une partie en cours. « Dans la vie, lui avait confié Georges, il faut toujours prévoir ses coups à l'avance. Réfléchir avant d'agir. Avancer vers un dénouement favorable. » Pour le moment, Kenny se sentait incapable d'imaginer une stratégie de jeu et tout aussi incapable d'envisager un « dénouement favorable » pour Grahame, surtout après ce qu'il avait vu au village.

Il observa la pièce en désordre, poussiéreuse. Une vieille horloge tictaquait dans un coin, sous une tapisserie aux couleurs ternies. Un coffre fermé par un énorme cadenas lui faisait face. Kenny ne se souvenait pas de l'avoir déjà vu, mais il y avait tant de livres entassés partout qu'il avait probablement toujours été là, caché sous le fouillis.

Georges entra dans la pièce et s'assit, deux verres de boisson pétillante à la main.

— Tiens, mon garçon, désaltère-toi ! C'est à ton tour de jouer, précisa-t-il en s'approchant de

l'échiquier. Je suis vraiment désolé de t'avoir raté hier. Cela commençait à faire longtemps, je me demandais presque si tu m'avais oublié. J'en ai, des choses à te raconter !

— Moi aussi, dit Kenny avant d'avaler une gorgée de limonade.

— Et je suis content que tu aies rapporté les livres, parce que j'ai vendu tous mes exemplaires du *Bestiaire royal de Sa Majesté* hier. J'ai dû en commander de nouveaux. Les gens sont dans tous leurs états à cause de cette histoire de dragon. Enfin, ce sera bientôt fini, c'est moi qui te le dis !

Kenny sentit revenir la rivière de cailloux au fond de son ventre. Il fallait qu'il reste calme et qu'il expose clairement la situation au vieux libraire. Si quelqu'un pouvait sortir son ami du pétrin, c'était bien Georges. Il déplaça un pion sur l'échiquier.

— La tour prend le pion.

— En voilà un coup audacieux ! s'exclama le vieil homme avant d'avancer son cavalier. J'ai une nouvelle formidable à t'annoncer…

— Moi aussi. Est-ce que je peux te dire la mienne en premier ? La tour prend le fou.

— Bien sûr. Je t'écoute.

Kenny porta son verre à ses lèvres et but une nouvelle gorgée de limonade.

— J'ai un nouvel ami.

— Un nouvel ami ? À l'école ? Et vous jouez souvent aux échecs ? plaisanta Georges, parce que là, tu es en train de me battre à plate couture, mon garçon !

— Non, pas à l'école. En fait, il est nouveau dans la région. J'aimerais beaucoup te le présenter. Je pense que vous vous entendriez très bien.

— Les amis de mes amis sont mes amis. Viens avec lui la prochaine fois. Je…

On frappa à la porte. Après lui avoir adressé un geste qui signifiait « Attends une minute », Georges se précipita au rez-de-chaussée. Kenny ne pouvait pas voir grand-chose de là où il se trouvait mais il lui sembla que quelqu'un livrait un paquet au vieux libraire.

— Les amis de mes amis sont mes amis, répéta le petit lapin en souriant.

Finalement, cela s'annonçait plus facile que prévu. Sa douleur à l'estomac commença à passer et il entendit un joyeux :

— Merci, monsieur !

La porte d'entrée claqua. Georges réapparut dans le petit salon, un sourire jusqu'aux oreilles et un gros parchemin à la main. Il s'assit sur le coffre au gros cadenas.

— Que se passe-t-il ? demanda Kenny.

— Hier, j'ai reçu un message du Palais royal me demandant de reprendre du service, expliqua son ami en montrant une lettre sur son bureau.

C'était donc vrai. Le vieux libraire avait travaillé pour le roi. Ses histoires de chevaliers en armure étaient bel et bien réelles.

— Et aujourd'hui, continua Georges en regardant le parchemin, on me confie une ultime mission.

— Une mission ? répéta Kenny qui commençait à entrevoir la terrible vérité.

Il jeta un coup d'œil au coffre fermé par le gros cadenas. Une plaque en cuivre indiquait : ARSENAL ROYAL. PROPRIÉTÉ DE GEORGES E. BLAIREAU.

Le roi. Une mission. Une armure. Georges était un chevalier.

D'un geste noble, le vieil homme déroula le parchemin avant de se racler la gorge et de lire :

Mon cher Georges,

Cela fait bien longtemps que nous ne nous sommes parlé. J'espère que ta petite boutique se porte bien et que cette lettre te trouvera en bonne santé. La vie à la cour n'est plus ce qu'elle était depuis que tu as pris ta retraite !

Permets-moi d'aller droit au but : j'ai une dernière faveur à te demander. Il semble qu'il y ait du rififi à Rond-le-Ruisseau et que toi seul, dans le royaume, sois capable d'agir avec efficacité et professionnalisme. Ainsi, j'espère sincèrement que tu accepteras cette mission. Tu es notre sauveur !

Ton ami fidèle

(et ton souverain)

Le Roi.

P.-S. Ne me laisse pas tomber, j'ai parié à 4 contre 1 que tu l'emporterais.

P.-P.-S. Peux-tu m'envoyer un exemplaire du bestiaire ? J'ai l'impression d'avoir égaré le mien.

Georges, le buste droit et la main sur la hanche, semblait revigoré par ce qu'il venait de lire.

— Alors, qu'en penses-tu ?

La rivière de cailloux avait débordé. Kenny la sentait maintenant au fond de sa gorge. Il savait ce que Georges allait dire, mais il fallait quand même qu'il le lui demande, pour en avoir le cœur net.

— Quelle est cette mission dont t'a chargé le roi ?

Le chevalier ouvrit le coffre, révélant une armure complète, délicatement ouvragée mais ternie par le temps.

— Mon garçon, déclara-t-il en sortant une longue épée étincelante. Je suis son chasseur de monstres, son exterminateur de démons. Je suis le tueur de dragons numéro un du royaume.

Chapitre septième

Extermination imminente

L'épée à poignée d'or brilla dans la lumière du matin. Georges esquissa quelques mouvements d'attaque, puis s'arrêta, un peu essoufflé, et sourit à Kenny.

La rivière de cailloux avait fini par couper la respiration du petit lapin. Il lâcha son verre sur l'échiquier, noyant les pions dans une vague brune et pétillante. En un clin d'œil, Georges laissa l'épée de côté et rattrapa Kenny en train de tomber de son tabouret.

— Mon petit page ! s'écria-t-il en l'aidant à se redresser. Que se passe-t-il ?

Quand le petit lapin reprit son souffle, ses yeux refirent doucement le point sur le visage affectueux du vieux libraire. Kenny s'était bien trompé à son sujet. En réalité, ce vieil homme était un chevalier, un soldat royal, et un tueur de dragons.

Si les histoires qu'il lui avait racontées durant toutes ces années étaient vraies, alors il fallait qu'il avertisse Grahame. Au plus vite.

— Je dois y aller, annonça Kenny en se dirigeant vers la porte.

Le chevalier l'arrêta.

— Tu viens à peine d'arriver. Ça va ? Est-ce que… ?

Georges marqua une pause.

— Est-ce que tu es inquiet pour moi ? Il ne faut pas, mon garçon. Une fois que je serai en tenue au sommet de cette colline, j'aurai vite fait de liquider ce monstre. Je sais m'y prendre avec ces vilaines créatures. Tu pourras venir me regarder et même m'aider si tes parents sont d'accord.

C'en était trop. Kenny sortit de la boutique en courant, sans même dire au revoir. Il pédala à toute allure pour s'éloigner le plus vite possible du centre-ville. Il était tellement chamboulé qu'il ne remarqua pas la foule : de chaque côté de la rue principale, les trottoirs étaient noirs de monde.

Kenny avait tout misé sur Georges. Si quelqu'un à Rond-le-Ruisseau pouvait comprendre que le dragon était inoffensif, c'était bien lui. Le vieux libraire était son seul espoir de sauver Grahame. Or il s'apprêtait à le tuer. Sur ordre du roi ! Il était bien obligé d'obéir !

Brusquement, Kenny repensa aux titres du journal et se remémora les paroles du petit vendeur.

Est-ce que tout était sa faute ? Avait-il confirmé l'histoire de papi Possum en racontant qu'il avait vu un dragon de ses propres yeux lors de son compte rendu de lecture ?

Pédalant encore plus vite, Kenny retourna la question dans tous les sens.

— Grahame pourrait se cacher le temps que les choses se calment ? pensa-t-il tout haut. Je suis sûr que papa et maman le laisseraient vivre dans notre grange...

Il était presque arrivé au sommet de la colline.

— Grahame saura quoi faire, dit-il en sautant de son vélo.

Il trouva le dragon en train de s'admirer dans un vieux miroir en pied et de s'enduire le corps d'une pommade à l'aide d'une chemise déchirée.

— Kenny ! Regarde ! lança-t-il en lui décochant son habituel grand sourire qui laissait voir toutes ses dents. La cire pour parquet que ta mère m'a donnée donne un éclat incroyable à mes écailles. Tu as vu comme elles brillent ? Cela fait vraiment ressortir leur couleur chatoyante.

Kenny haletait, à bout de souffle.

— Grahame... il... faut... que tu partes. Georges... arrive... pour te tuer !

— Georges arrive pour me quoi ? Mais pourquoi ? Qu'ai-je fait pour le contrarier ? Je n'ai pas abîmé ses livres. Oh, bon, j'admets avoir légèrement noirci la couverture de ce stupide bestiaire, mais il m'a tellement fait rire que j'ai perdu tout

contrôle. Honnêtement, je me demande où certains écrivains vont chercher toutes leurs idées farfelues. Un « dromapanthère » ? Jamais je…

— Écoute-moi ! l'interrompit Kenny. Il est chevalier. C'est un tueur de dragons au service du roi !

Grahame laissa échapper un sifflement, regarda le petit lapin, puis recommença à polir ses écailles avec une énergie redoublée.

— Je croyais qu'il était ton *ami*, que nous avions plein de choses en commun et qu'il s'agissait, comme moi, d'un amoureux des livres, d'un amateur des choses les plus raffinées de ce monde, pas d'un importun en armure qu'on envoie pour « m'exterminer » !

Grahame jeta son chiffon par terre, gagna l'entrée de la grotte et se mit à faire le ménage.

— Mais c'est la vérité ! protesta Kenny en lui emboîtant le pas.

Le vieux libraire avait toujours été son ami.

— Georges est quelqu'un de bien. Il m'a appris à jouer aux échecs et c'est lui qui m'a prêté tous ces livres que nous avons adorés.

Le dragon gardait le dos tourné. Kenny sentit son cœur battre de plus en plus vite dans sa poitrine.

— Qu'est-ce qu'on va faire ?

— Rien *du tout*, répliqua Grahame d'un ton glacial. Je te l'ai déjà dit, s'attaquer aux personnes était peut-être le sport préféré de mes camarades, mais ce n'est pas le mien. Voilà pourquoi je suis encore en vie aujourd'hui, et pas eux. Ils ont tous été tués par des chevaliers comme ton *bon ami* Georges. Tu peux lui dire qu'il n'y aura pas de bataille. Pas de divertissement sanglant. Je ne marche pas.

— Le roi lui a confié une mission, répliqua Kenny, et tous les villageois se rassemblent pour…

— Le roi, le roi… !

Grahame fit volte-face. Ses yeux brillaient de mille feux et des volutes de fumée s'échappaient de ses narines.

— Qu'est-ce qu'il en sait, le roi ? À quand remonte sa dernière conversation avec un dragon, hein ? Plutôt que de discuter, ce tire-au-flanc préfère envoyer un valet pour faire le sale boulot, sans même un « Bonjour, comment allez-vous ? Ça vous ennuierait que je vous coupe la gorge ? ».

Retrouvant son calme, Grahame ramassa son chiffon et astiqua ses écailles.

— Maintenant, si Georges souhaite partager une limonade au gingembre et une partie d'échecs, je serai ravi de le rencontrer et j'accepterai d'oublier son ténébreux passé. Mais, attention, qu'il n'emporte ni arme ni objet pointu.

Désespéré, Kenny baissa la tête.

— Je doute que cela puisse se passer ainsi.

— Petit bonhomme, soupira Grahame en se penchant pour regarder Kenny dans les yeux. Ne t'inquiète pas. Je *sais* que tu vas trouver une solution et que tout rentrera dans l'ordre. Tu es un garçon futé et cultivé.

Déconcerté, Kenny ne répondit pas. Le dragon recommença à s'enduire de cire et à s'admirer dans le miroir comme si tout allait pour le mieux dans le meilleur des mondes. La tête pleine de pensées tourbillonnantes, Kenny ramassa son vélo et partit.

—————

D'habitude, après l'effort de la montée, Kenny adorait dévaler à toute allure la Colline du Berger. Cette fois, cependant, il préféra marcher à côté de son vélo. Le soleil de midi avait réchauffé le sol moelleux et une brise paresseuse murmurait dans les feuilles quand il arriva en bas de la pente. Des libellules et des papillons virevoltaient autour de lui. L'un d'eux se posa même sur son guidon, mais le petit lapin ne remarqua rien de tout ça.

« Qu'est-ce que je vais faire ? » se demandait-il. Ses deux meilleurs amis étaient sur le point de s'entretuer. Qui l'emporterait ? Grahame se ferait-il massacrer parce qu'il ne bougerait pas et refuserait de se battre ? Georges – bien plus âgé maintenant qu'à l'époque de ses glorieuses aventures – se ferait-il rôtir comme un poulet ? Kenny sentait la rivière de cailloux gagner son corps tout entier et il dut serrer fort les dents pour retenir l'eau qui emplissait ses yeux.

Il gara son vélo près du porche. Au même moment, son père sortit en trombe et le fit sursauter.

— Dépêche-toi, tu arrives juste à temps !

Sa mère, un foulard sur la tête, apparut à son tour.

— Que se passe-t-il ? Où allons-nous ? demanda Kenny.

L'espace d'un instant, l'excitation de ses parents lui fit presque oublier la lourde responsabilité qui pesait sur ses épaules.

— Il y a un défilé au village. On vient juste de l'apprendre, répondit sa mère en sautant dans leur charrette tirée par un mouton. On parle d'un immense cortège. Ton père n'a pas été aussi excité depuis… depuis…

— … que tu as fait ce fameux crumble aux pommes pour mon anniversaire ! Allez, en voiture, fiston ! s'exclama son père en tapotant la place à côté de lui. Si tu veux, je te laisse même les rênes !

— Vous ne comprenez pas, gémit Kenny. Pourquoi croyez-vous qu'ils organisent un défilé ?

Ses parents se regardèrent en clignant des yeux.

— La fête du Maïs commence peut-être plus tôt cette année, hasarda sa mère.

— Ils organisent une lutte de cochons ? suggéra son père qui ne semblait pas sûr de lui non plus.

— Vous n'êtes pas allés en ville depuis longtemps, dit Kenny en soupirant. Tout ça, c'est pour
Grahame.

— Ah bon ? fit son père. J'ai du mal à
l'croire.

Il laissa passer un silence, retournant la question dans sa tête.

— Pourquoi y aurait-il un défilé alors ?

— Et si nous allions voir par nous-mêmes ?
trancha sa mère.

À contrecœur, Kenny grimpa dans la charrette à côté de ses parents. Il avait l'impression
que, quoi qu'il fasse pour y échapper, il se retrou-
verait en route pour Rond-le-Ruisseau, obligé
d'affronter ses pires peurs.

Chapitre huitième

Georges, notre sauveur

C eorges était bel et bien un chevalier du roi,
ce qui fait de cette histoire un véritable
conte de fées, me semble-t-il. En effet, comment
faire apparaître un dragon sans imaginer un roi
et des chevaliers ? De nos jours, cela dit, les récits
de ce genre sont de plus en plus rares, et la plupart retracent de terrifiantes péripéties avant de
conclure sur une fin heureuse. Il ne nous reste
donc plus qu'à continuer pour savoir ce que le
sort réserve à notre jeune héros…

Kenny cligna des yeux en voyant son vieil
ami. Georges brillait de mille feux dans son
armure dorée. Il chevauchait une magnifique
chèvre blanche, parée de
riches étoffes et de pom-
pons. Dans une de ses
mains gantées, il tenait
un bouclier sculpté. Dans
l'autre, il serrait une longue lance, au bout de

laquelle flottait un étendard usé aux couleurs du roi.

Les gens étaient venus de partout – parfois de villages aussi reculés que Cascades-les-Prés. Les rues étaient encombrées de spectateurs qui poussaient des cris et agitaient des bannières colorées sur lesquelles on pouvait lire GEORGES d'un côté et CHASSEUR DE DRAGONS de l'autre. Certains étaient même montés sur les toits et lançaient des pétales de fleurs sur le chevalier en contrebas. Les femmes se pâmaient d'admiration. Soudain, cors et trompettes claironnèrent et le cortège s'élança dans les rues pavées.

— Georges, notre champion ! Georges, notre sauveur ! clamait la foule.

Kenny sentit la tête lui tourner. Ses parents aussi semblaient déboussolés.

— Pourquoi notre libraire parade-t-il tout pomponné sur c'te belle monture ? demanda son père.

Un petit garçon qui agitait une épée en bois à côté d'eux sourit au fermier et dit :

— Le vieux monsieur, c'est Georges. Il va monter demain sur la colline et tuer le vilain dragon.

Le père de Kenny écarquilla les yeux. Sa mère mit une patte devant sa bouche.

— Ô mon Dieu ! s'exclama-t-elle.

Ils se tournèrent tous les deux vers leur fils. Le petit lapin était désemparé. Comment arrêter cette catastrophe ?

Son père posa un genou à terre et le regarda dans les yeux.

— Tu avais raison, Kenneth. Il faut vite qu't'ailles voir le libraire et qu'tu lui expliques la situation. Ta mère et moi, on s'occupe de prévenir le dragon.

— Ça ne sert à rien, dit Kenny par-dessus le brouhaha de la foule. J'ai déjà essayé, mais il ne veut rien entendre.

Sa mère passa un bras autour de ses épaules.

— Nous discuterons de tout ça avec lui, autour d'un bon repas. On réfléchit mieux l'estomac plein.

— Tu vas arranger les choses avec ton ami, fiston, ajouta son père. Je sais qu't'en es capable.

Kenny regarda ses parents s'éloigner dans un flot de villageois bruyants et excités. Sa mère lui lança un dernier regard, hocha la tête, puis disparut dans la masse. Le petit lapin resta planté là, hébété, au milieu des spectateurs qui se bousculaient pour suivre le défilé.

— Je n'arriverai jamais à approcher Georges, murmura-t-il. Et même si je le pouvais, il ne m'entendrait pas avec tout ce tintamarre. Il va falloir que j'attende la fin.

———

Et c'est ce que fit Kenny. Il passa l'après-midi à observer la foule déchaînée qui conduisit le fier et héroïque chevalier aux portes du village, avant de faire demi-tour. Alors qu'il suivait Georges et son élégante monture des yeux, Kenny pensa : « J'ai réagi bêtement à la boutique. J'aurais mieux fait de rester. Après tout, Georges aussi est mon ami. J'aurais dû lui parler de Grahame. » Finalement, le défilé s'arrêta au centre du village, devant la vieille auberge. La plupart des gens s'y engouffrèrent pour continuer la fête autour d'un verre.

Kenny fendit la foule, se frayant un passage au milieu de dizaines de jambes et de derrières, et regarda à travers la vitre sale d'une fenêtre. Georges se trouvait là et trinquait avec les habitants qui se pressaient autour de lui.

— Il va mettre le feu à ma récolte, c'est sûr, il faut nous en débarrasser ! s'exclama un fermier.

— Sinon il se faufilera chez nous et mangera nos trois filles, ajouta une femme d'une voix stridente.

— Il détruira nos maisons !

— Mangera notre bétail !

— Vous DEVEZ nous sauver !

— TUEZ LE DRAGON ! TUEZ LE DRAGON ! crièrent-ils en chœur.

— Comment peuvent-ils vouloir la mort de quelqu'un qu'ils ne connaissent pas ? se demanda Kenny à voix basse. Et pourquoi Georges obéit-il aussi aveuglément aux ordres du roi ?

Au creux de son ventre, la rivière de cailloux fut bientôt remplacée par la sensation brûlante d'une flamme.

— Chers citoyens de Rond-le-Ruisseau, déclara Georges, n'ayez crainte. Nous nous en sortirons tous sains et saufs, vous avez ma parole. Maintenant, allez retrouver vos amis, votre ferme, votre famille, et reposez-vous un peu. Demain, au lever du soleil, vos terres seront débarrassées à jamais de ce *monstre*, ce *démon*, ce *fléau* !

Une explosion de cris et d'applaudissements ponctua ce discours et le chevalier fut porté en triomphe jusqu'à la porte de l'auberge. Après avoir souhaité bonne nuit à tout le monde, Georges récupéra ses armes, remonta sur sa chèvre et rentra chez lui. Lorsqu'il tourna dans sa rue déserte, les ombres s'allongeaient sur les pavés, signe que la journée touchait à sa fin. Kenny l'attendait devant la boutique.

— Mon petit page ! Tu es parti si vite ce matin. Où diable es-tu allé ? Tu te sens mieux ?

Pour aider Georges à descendre de sa monture, Kenny le débarrassa de son bouclier et de sa lance. Il se souvint alors des armes improvisées qu'il portait le soir de sa rencontre avec Grahame. Maintenant qu'il en tenait de véritables entre les mains, Kenny sentait la rivière revenir au fond de son ventre et se transformer en glace. Il chassa vite cette pensée et répondit :

— Un petit peu. Mais il faut que je te parle…

— As-tu assisté au défilé ? Je t'ai cherché du regard. Quelle fête ! Quel spectacle ! J'ai l'impression de retrouver ma jeunesse !

— Oui, j'étais là, dit Kenny en attachant la chèvre de Georges à un poteau. Je suis revenu après avoir rendu visite à l'ami dont je te parlais tout à l'heure. Tu te souviens ? Je…

— M'aiderais-tu à défaire ces boucles, mon garçon ? demanda Georges en se précipitant à l'intérieur de la boutique.

Il repassa la tête par la porte quand il s'aperçut que Kenny n'avait pas bougé.

— Allez, viens ! J'ai très envie que tu me parles de ton ami, mais je dois d'abord te raconter ce qui va se passer demain. Donne-moi juste un coup de main pour la cotte de mailles.

Kenny poussa un soupir et suivit Georges jusqu'au petit appartement du premier étage.

— C'est gentil, mon garçon. J'avais… ouf !…

oublié… à quel point cette armure tenait chaud. Je ne l'avais pas portée depuis des années !

Kenny l'aida à retirer son armure puis rangea soigneusement chacune des pièces dans le coffre. Malgré le poids de toute cette ferraille, son vieil ami ne lui avait jamais semblé aussi en forme.

— Pff ! C'est beaucoup mieux comme ça, dit-il en se dirigeant vers le réfrigérateur. Je meurs de soif. Veux-tu quelque chose à boire ?

Sans lui laisser le temps de répondre, Georges lui tendit une bouteille de limonade de bouleau.

— Attends une seconde. Je reviens tout de suite. J'ai tellement de choses à te raconter, mais il me faut…

La voix de Georges se perdit dans l'escalier.

Kenny avala une longue gorgée de limonade. « Respire un grand coup, pensa-t-il, et dis-lui :

Georges, le dragon que tu veux tuer préfère les boutons-d'or à la bagarre. Alors il faut que tu renonces à ce combat. D'accord ? »

Profitant de l'absence du chevalier, Kenny détailla la pièce : le parchemin envoyé par le roi reposait sur l'échiquier. La vieille tapisserie aux couleurs passées était accrochée au mur, au-dessus d'une énorme pile de livres. Kenny s'en approcha. Après avoir soufflé sur la couche de poussière qui la recouvrait, il découvrit enfin ce qu'elle représentait : un chevalier transperçant de son épée un dragon en plein cœur. Ses yeux tombèrent ensuite sur le bouclier sculpté. Sur la surface de métal poli, on pouvait voir un dragon terrifiant qui crachait des flammes. Il ne ressemblait pas du tout à Grahame qui, la nuit précédente, avait allumé la pipe du père de Kenny avec une petite étincelle échappée de sa narine gauche. Malgré tout, comme la poêle que brandissait Kenny le soir de leur rencontre, le bouclier de Georges était couvert de traces noires… de *vraies* marques de suie, laissées par le souffle enflammé d'un dragon.

Georges déboula dans le bureau.

— Je savais qu'elle était quelque part, il fallait juste que je fouille un peu.

Il déplaça l'échiquier et la lettre du roi qui se trouvaient sur la table et posa, à la place, un gros rouleau de parchemin.

— Une carte de la région, annonça-t-il avec un sourire radieux. J'aimerais parler stratégie

avec toi, Kenny. Tu connais la Colline du Berger comme ta poche, n'est-ce pas ? Alors quelle approche me conseilles-tu ?

Georges s'assit, visiblement impatient d'entendre sa réponse. Le petit lapin ne l'avait jamais vu aussi débordant d'énergie et de vitalité. Cela n'allait pas être facile, mais il fallait qu'il lui parle.

— Euh… Je ne peux pas t'aider, Georges.

« Tu vois, pensa-t-il, ce n'était pas si difficile. Continue. »

— En fait, reprit-il, je, euh… voulais te dire quelque chose de très important à propos du dragon.

Sentant que, une fois de plus, Kenny n'était pas dans son assiette, le chevalier passa un bras autour de ses épaules et lui parla d'une voix douce :

— Raconte-moi tout, mon garçon. De quoi s'agit-il ? Qu'est-ce qui te chagrine ? Est-ce que tu as peur ?

— Non, protesta Kenny en fronçant les sour-
cils.

— Ce ne serait pas grave, tu sais.

— Non, vraiment, je n'ai pas peur, insista
Kenny avant de poser sa bouteille, la flamme
dansant au creux de son ventre. Mais… je…

— Tu es tellement courageux, petit page, le
coupa Georges. Charlotte m'a dit que le dragon
avait été aperçu près de chez toi, je sais que ta
famille est en danger et…

— NON ! hurla Kenny.

Le feu qui couvait dans son estomac s'embrasa
d'un coup, dévorant la rivière de cailloux.

— Ce n'est pas ça du tout ! Écoute-moi ! Tu
ne comprends rien, Grahame est un dragon gentil et pacifique. Il ne s'est jamais battu de sa vie.
Ses semblables adoraient ça, mais ils ont tous été
tués par des chevaliers *comme toi*. Et maintenant,
cet imbécile de roi t'ordonne de l'exterminer alors
que vous ne le connaissez même pas !

Georges fixait le garçon en clignant des paupières, la bouche légèrement ouverte.

— Il aime peindre des couchers de soleil,
enchaîna Kenny, écouter de la musique classique,
jouer du piano, lire, et il adore la crème brûlée.
Il… Il…

Kenny ne put contenir plus longtemps l'eau
bouillonnante de la rivière, qui se mit à couler le
long de ses joues.

— C'est mon meilleur ami et je ne veux pas

perdre l'un de vous à cause d'un stupide combat.

La bouche toujours ouverte, Georges observa le petit lapin qui s'essuyait les yeux avec une manche de sa chemise. Tout en reniflant, il se leva pour partir et tourna le dos au vieil homme.

— Tu m'as dit que les amis de tes amis étaient tes amis. Alors j'ai pensé que si quelqu'un pouvait nous aider, Grahame et moi, c'était bien toi. Vous êtes les deux seules personnes qui me comprennent vraiment.

Sur le pas de la porte, Kenny s'immobilisa un instant.

— J'ai même imaginé que vous pourriez devenir amis.

Sur ce, il dévala l'escalier, passa la porte d'entrée et partit en courant.

Chapitre neuvième

Plein de bonnes intentions

Alors qu'il traversait la rue principale de Rond-le-Ruisseau, Kenny renversa un chariot rempli de breloques à l'effigie du dragon. Ces dernières se répandirent sur le sol, aux pieds d'une bande de joyeux fêtards qui partageaient un tonneau de bière et riaient très fort.

— Je vous parie que le vieillard va se faire rôtir en moins de deux. Y a pas à dire, la défaite sera *cuisante* !

— Il va y avoir de l'ambiance, ça va être *chaud bouillant* sur la colline, plaisanta un autre.

Le plus jeune d'entre eux remarqua Kenny et se précipita pour lui barrer le passage.

— Eh, c'est toi qui vis dans la ferme près de la colline, non ? Y paraît que t'as vu le dragon manger une vache ?

Kenny avait déjà croisé ce hérisson à l'école. Il avait deux ans et plusieurs kilos de plus que lui – d'où son surnom : Bouffi.

— Ouais, dit Kenny en le regardant dans les yeux.

La flamme grésillait toujours dans son estomac.

— J'ai vu le dragon et il n'y aura pas de combat demain. Laisse tomber.

Son cœur cognait dans sa poitrine. Cette
grosse brute n'allait pas tarder à le frapper.

— Te bile pas, mon fils, intervint le père de
Bouffi.

Il posa une main solide et rassurante sur

l'épaule de Kenny et écarta les deux garçons l'un de l'autre.

— Si le vieux Georges ne nous débarrasse pas du monstre, reprit-il, eh bien, c'est nous qui irons le tuer, hein, les gars ?

Kenny s'éclipsa au milieu des acclamations qui suivirent et détala aussi vite que ses petites pattes le lui permirent, laissant Rond-le-Ruisseau loin derrière lui.

Le soleil se couchait quand il arriva à la ferme. La brise s'était levée, portée par le chant des grillons. Son père était en train de rentrer les moutons et une odeur de soupe aux légumes lui chatouilla les narines.

Kenny fila dans sa chambre et poussa les coussins encombrant son lit. Blotti sous la couette, il fixa le plafond couvert de taches et de lézardes.

« Pourquoi cela ne se passe-t-il pas comme dans un conte de fées ? Pourquoi faut-il que ce dragon soit *gentil* ? Et pourquoi l'unique chasseur de dragons du royaume se trouve-t-il être mon seul autre ami ? »

Kenny laissa son regard glisser vers l'étagère et les livres que Georges lui avait offerts. Dans certains, des magiciens et des sorcières faisaient cadeau d'armes enchantées qui permettaient d'échapper

97

à tous les dangers et de combattre son ennemi juré. Kenny n'avait pas d'adversaire de ce genre – c'était plus compliqué que ça. En y réfléchissant, il n'avait même pas d'ennemi, sauf s'il comptait tous les gens qui allaient assister à la bataille.

« Bien sûr, pensa-t-il, cela pourrait devenir le duel le plus célèbre de tous les temps. Mais il s'agit de mes amis ! »

— Kenneth ! appela sa mère. Nous avons un invité qui a très envie de te voir.

Le petit lapin se couvrit les yeux avec ses oreilles et se recroquevilla sous sa couette.

— Je n'ai pas envie de sortir, maman, je préfère rester ici.

— Tu devrais venir, mon chéri, insista sa mère en entrant dans sa chambre pour ranger un paquet de linge propre dans son armoire.

Elle s'assit sur le lit et caressa la tête duveteuse de son fils.

— Je t'ai servi un bol de soupe de légumes et il y a des petits pains frais pour tremper dedans.

— Et de la limonade au gingembre ? demanda Kenny en relevant légèrement une oreille.

— Non, répondit sa mère en gagnant la porte, mais ton ami a apporté de la limonade de bouleau. Allez, file te débarbouiller et rejoins-nous pour le dîner.

Kenny se lava les mains et le visage, puis il regarda discrètement dans la cuisine. Ses parents étaient assis autour de la table et, avec eux, il y avait Georges.

— Bonsoir, souffla-t-il avant de se glisser sur sa chaise, le regard rivé à son bol de soupe.

— Bonsoir, Kenny, répondit Georges. J'espère que tu ne m'en veux pas de t'avoir suivi. Je voulais te parler de la journée de demain. D'après tes parents, le dragon est plein de bonnes intentions et...

— Grahame, l'interrompit Kenny, il s'appelle Grahame.

— Hum, euh... bien, je me disais... peut-être que Grahame et moi pourrions nous rencontrer et voir si...

Kenny l'observa un instant, avant de se replonger dans la contemplation de son potage, bien qu'il n'eût pas très faim. Il se demanda si le vieux libraire sentait lui aussi la rivière de cailloux dans son estomac parce qu'il ne semblait pas très à l'aise. À croire que parler, là, à cette table, était plus difficile pour lui que tout le reste. On avait du mal à croire qu'un peu plus tôt c'était le même Georges qui paradait sur sa monture blanche, l'air tellement fier et conquérant. Ce même Georges qui, depuis qu'il le connaissait, n'avait jamais quitté sa librairie.

— Bon, reprit le vieil homme, si ton ami est quelqu'un d'aussi bien que tu le dis, nous devrions pouvoir discuter de cette affaire et trouver une solution. Qu'en penses-tu ?

Kenny leva les yeux de son bol de soupe. Finalement, Georges n'était pas un brave petit soldat qui obéissait au roi les yeux fermés. Malgré ce que les gens attendaient de lui, le chevalier l'avait suivi jusqu'ici et il souhaitait en savoir plus.

— Vraiment ? Tu ferais ça ?

— Bien sûr, répondit Georges. Les amis de mes amis sont mes amis, tu te souviens ?

— Parfait ! Je suis ravie que ce problème soit réglé, intervint la mère de Kenny, car j'ai déjà invité Grahame pour le dessert. Il ne devrait pas tarder à arriver.

Kenny lui sourit, puis il se tourna vers son père, et enfin vers Georges. Tous lui rendirent son sourire. Par la fenêtre, dans la lumière du crépuscule, le petit lapin distingua alors la silhouette ronde et familière du dragon qui traversait le champ de son pas sautillant. Il inspira un grand coup, ravala le caillou qui était remonté dans sa gorge et espéra de toutes ses forces que le dessert passerait aussi bien que le plat de résistance.

Chapitre dixième

La colère du dragon

— J'ai apporté de nouveaux poèmes pour le dessert. Y a-t-il de la crème brûlée ce soir ? demanda Grahame en passant la tête par la fenêtre.

Il sourit de toutes ses dents en voyant Kenny, puis il remarqua le vieil homme à la barbe et à la moustache blanches assis lui aussi à la table.

— Oh, oh, nous avons de la compagnie. Un amateur de poésie, peut-être ?

— Kenneth, pourquoi ne présenterais-tu pas ton ami à Grahame ? suggéra sa mère.

— Les amis de Kenny sont mes amis, déclara le dragon. Enfin… à part ce chevalier zinzin envoyé pour m'exécuter.

Georges se racla discrètement la gorge.

— Euh, eh bien, justement c'est *lui*, bredouilla Kenny. Grahame, je te présente mon vieil ami Georges. Georges, je te présente mon nouvel ami, Grahame.

Kenny se mordit la langue et retint son souffle. Son père aspira sa deuxième ration de soupe, pendant que sa mère se levait de table et commençait à laver la vaisselle. Georges et Grahame se fixèrent du regard, attendant tous les deux que l'autre prenne la parole en premier et brise ce silence inconfortable.

— Bon, finit par dire Georges, je n'avais pas vu de dragon depuis très, très longtemps. D'une certaine manière, j'ai l'impression de retrouver une vieille connaissance.

— À laquelle il va falloir vous habituer, répliqua Grahame d'une voix glaciale, car votre *vieille connaissance* ne compte pas quitter la région de sitôt, que cela vous plaise ou non. C'est clair, Beowulf ?

— Allons, allons, fit Georges en se levant. Pas la peine de vous montrer désagréable.

— Comment dois-je vous appeler, alors ? Éclairez-moi, ô *Grand Sauveur*, se moqua le dragon.

Kenny vit une volute de fumée s'échapper des narines de Grahame. Il se demanda s'il devait s'interposer, mais il croisa le regard de son père qui en disait long. (Je suis sûr que vous voyez à quoi je fais allusion : quand votre père, ou votre mère, vous parle avec les yeux et qu'il n'a rien besoin d'ajouter.) Kenny resta donc assis et suivit l'exemple de ses parents qui s'efforçaient de paraître calmes.

— Beowulf était un barbare, une brute ignare ! Je ne suis rien de tout ça. J'ai été formé à la chasse au dragon par le roi en personne, dans les règles de l'art, et...

— Je vous l'accorde, le coupa Grahame.

— Q... quoi ? bégaya Georges.

Kenny et ses parents échangèrent un regard inquiet.

— Je vous l'accorde, Beowulf était un barbare. Comme si cela ne lui suffisait pas d'éliminer Grendel, il a fallu en plus qu'il tue la mère du monstre.

Georges battit des paupières.

— T... t... tout à fait.

Il jeta un coup d'œil à Kenny qui remarqua l'esquisse d'un sourire sous sa moustache.

— Il aurait mieux fait d'emprisonner cet ogre insolent et de le contraindre aux travaux forcés pour le punir de ses méfaits.

— Intéressante théorie, admit Grahame avant de marquer une pause et de se tourner à son tour vers Kenny. Pensez-vous qu'une brute de cette espèce puisse changer ?

Et voilà, c'était parti.

Kenny s'aperçut qu'il avait retenu sa respiration jusque-là. Il souffla, soulagé. Ses parents et lui observèrent Georges et Grahame discuter de Beowulf et débattre de la capacité de Grendel à devenir un citoyen digne de ce nom. Tout se passait pour le mieux, si bien qu'au dessert ils évoquaient déjà l'un et l'autre leurs aventures de jeunesse. Les blagues et les rires fusèrent lorsque le dragon caramélisa les crèmes brûlées... en laissant échapper un serpentin de feu de sa narine gauche.

Tout le monde sortit sur la terrasse, où Georges et le père de Kenny fumèrent leur pipe.

— Vous savez, Grahame, Kenny avait raison. Votre compagnie m'est fort agréable, cela faisait bien longtemps que je n'avais pas pris autant de plaisir à discuter, déclara Georges en serrant la main couverte d'écailles du dragon.

— Tout à fait d'accord. Vous êtes quelqu'un de très sympathique et de très cultivé, ajouta Grahame en rallumant la pipe du vieil homme. J'ai l'impression que nous avons beaucoup de choses en commun.

Il se tourna vers Kenny.

— Bien joué, bonhomme. Bien joué.

— Nom d'un petit mouton ! Qu'est-ce que c'est ? demanda le père de Kenny en pointant quelque chose du bout de sa pipe.

Une colonne de lumières dansantes se dirigeait vers la Colline du Berger.

— Bien, bien, bien, soupira Georges.

— Une sortie du club de pêche ? demanda Grahame.

— Non, des gens qui se préparent pour demain, le corrigea Kenny.

La rivière de cailloux était de retour et le petit lapin se demanda si les autres la sentaient aussi.

— Oui, fiston, acquiesça son père en tirant sur sa pipe. Je crois que c'est ça.

— Ils sont tout un régiment, constata sa mère.

Ils doivent être très impatients. Je crains que vous ne vous en sortiez pas si facilement.

Kenny regarda la procession traverser le pont qui enjambait la Crique de la Perche, et s'engager sur le chemin de la colline. Il ravala la rivière de cailloux et se mit à réfléchir. Aux échecs, Georges lui avait appris à prévoir ses coups à l'avance. Il avait réussi à réconcilier ses deux amis, mais comment faire avec un village entier ?

Son père se renversa dans son rocking-chair.

— J'ai entendu les gens parier sur le vainqueur. Navré de te le dire, Georges, mais beaucoup misaient contre toi.

Ce dernier émit un petit rire tout en soufflant un long nuage de fumée.

— Cela n'a rien de très surprenant. Que peut-on attendre d'un vieux chasseur de dragons à la retraite ? Et vous connaissez la célèbre phrase ? « Ne vous mettez pas entre le dragon et sa fureur. »

— Eh, c'est dans *Le Roi Lear*[1], remarqua Grahame, les yeux fixés sur les lumières qui se rassemblaient au pied de la colline, c'est un des rôles que je préfère. Je me demande si Shakespeare a jamais rencontré un dragon ? Il aurait certainement su quoi faire pour maîtriser une telle foule.

À ces mots, l'esprit de Kenny ne fit qu'un tour.

— C'est ça ! s'écria-t-il, ce qui fit sursauter tous les autres. Voilà la solution, mais nous n'avons plus beaucoup de temps ! Vite, tout le monde à l'intérieur !

---

1. *Le Roi Lear* est une célèbre pièce de théâtre de l'auteur anglais William Shakespeare *(N.d.T.)*.

Chapitre onzième

Dérouler le tapis violet

L a première partie du plan consistait à éloigner les gens qui se trouvaient sur la colline et cela n'allait pas être facile. Quand ils approchèrent, Kenny et son père comprirent qu'ils avaient bien affaire à des impatients venus réserver leurs places pour le combat du lendemain. Ils étaient si nombreux qu'un versant entier de la colline était illuminé par leurs torches et leurs lanternes. Kenny s'arrêta à quelques mètres de la foule.

— Je… je ne sais pas si ça va marcher.

Son père s'agenouilla, posa les mains sur ses épaules et le regarda dans les yeux.

— Ne t'inquiète pas, Kenneth, le rassura-t-il. S'il y a bien une chose qui me connaît, c'est les moutons.

Il leva sa lanterne et s'adressa à la foule.

— Qu'est-ce qui s'passe ici ?

— On attend la bataille avec le dragon !

— Il n'y a pas d'monstre sur mes terres, rétorqua le père de Kenny en arrachant un brin d'herbe qu'il se mit à mâchouiller. Rentrez plutôt chez vous.

— Ma parole, vous avez besoin de lunettes, fermier, fit une voix bourrue.

La foule s'ouvrit et un gros hérisson, le père de Bouffi, s'avança.

— Le vieux papi Possum l'a aperçu l'autre jour.

— Papi Possum m'a aussi dit qu'il avait pêché un poisson-chat gros comme un d'mes moutons. Alors, moi, je crois qu'c'est plutôt lui qui était en train de boire, et pas qu'l'eau d'la crique !

La foule éclata de rire. Mais pas le père de Bouffi.

— Votre fils aussi a raconté qu'il l'avait vu. Il en a parlé à toute l'école ! aboya-t-il en montrant le petit lapin du doigt.

Le père de Kenny se tourna vers son fils.

— Kenneth, qu'est-ce que j'entends là ? Tu saurais des choses sur les dragons et tu ne m'as rien dit ?

À ce signal, Kenny répondit :

— Oui, papa. C'est grâce à ce livre sur les monstres, le *Bestiaire royal de Sa Majesté*. D'après ce que j'ai lu, bien qu'ils aient le sang froid, les dragons ont pour habitude de chasser la nuit. Ils sont attirés par la lumière, comme les papillons de nuit – d'énormes papillons de nuit assoiffés de sang et cracheurs de feu.

Il n'eut pas besoin d'en ajouter. Les gens commençaient déjà à chuchoter entre eux.

— Mieux vaudrait rester à l'intérieur ce soir, bredouilla quelqu'un.

— Il se fait tard.

— Éteignons les lanternes.

Le père de Kenny soutint le regard du gros hérisson pendant un moment, en mâchonnant tranquillement son brin d'herbe. Finalement, le père de Bouffi baissa les yeux et grogna :

— Bon. Rentrons à la maison.

Il attrapa son fils par le bras et fit demi-tour.

— Mais on se reverra demain matin au lever du jour et alors, ajouta-t-il en regardant Kenny, personne ne nous empêchera d'assister au combat.

Sur le chemin de la ferme, Kenny poussa un soupir de soulagement.

— Tu vois, fiston, dit son père en passant un bras protecteur autour de ses épaules. Dans un troupeau, il y a toujours un chef. Trouve-le, fais en sorte qu'il aille où tu veux, et les autres suivront.

Alors qu'ils rentraient chez eux, Kenny observa son père. Sous la lumière douce de la lanterne, ce dernier lui semblait tout à coup aussi sage que Merlin l'enchanteur, le conseiller du roi Arthur. Cette sagesse, comprit alors le petit lapin, était le fruit de l'expérience : son père ne l'avait pas apprise dans les livres.

À leur arrivée, la maison débordait d'activité. Tout le monde courait et s'affairait, y compris Charlotte à qui Georges avait envoyé un message afin qu'elle vienne leur donner un coup de main.

Kenny lui sourit lorsqu'elle leva la tête de sa machine à coudre.

— Coucou, Kenny ! On m'a expliqué ton plan. Ça va être génial !

Le petit lapin sentit la chaleur lui monter aux joues et baissa les yeux.

— Je vais voir ce que fabrique Grahame, bafouilla-t-il, puis il sortit et s'empressa de rejoindre la grange.

Le dragon était assis à côté de Georges. Ils examinaient tous les deux la carte de la colline à la lumière d'une lanterne. La discussion battait son plein et les soldats de plomb de Kenny, ses cubes et son petit dinosaure en plastique étaient éparpillés sur le vieux parchemin.

Il avait été convenu que Grahame se cacherait dans la grange jusqu'à minuit afin qu'aucun curieux ne l'aperçoive. La discrétion s'imposait et ils n'avaient qu'une nuit pour se préparer au grand événement du lendemain.

———

Le matin de la grande bataille, juste avant l'aube, un voile de brume recouvrit la Colline du Berger. Il s'évapora quand le soleil se hissa doucement dans le ciel rosé. C'est à ce moment qu'arrivèrent les premiers spectateurs. Évidemment, le père de Bouffi menait la marche, suivi de près par papi Possum.

— Nom d'une pipe ! s'exclama ce dernier.

Il s'est passé quelque chose, ce dragon a complètement chamboulé le paysage.

Et il avait raison. L'endroit avait miraculeusement été transformé. Les rochers qui s'entassaient d'un côté de la colline avaient été déplacés et arrangés sur l'herbe grasse pour former un amphithéâtre. Les gradins s'élevaient autour d'une arène, au centre de laquelle se dressait la grotte du dragon. Une légère odeur de fumée flottait dans l'air et le père de Bouffi assura qu'elle venait de la caverne, même s'il n'arrivait pas à distinguer ce qui se trouvait à l'intérieur.

En effet, de grands lambeaux d'une tapisserie richement travaillée masquaient désormais l'entrée du repaire de Grahame. Les gros chênes et les saules pleureurs de la colline étaient chargés de lampions : il y en avait quasiment un à chaque branche. Le vieux piano droit, fraîchement enduit de laque noire et dorée, avait été installé sous les branches d'un saule, hérissées de bougies à moitié consumées.

À l'heure du déjeuner, l'endroit commença à se remplir. Des marchands débarquèrent. Certains vendaient de la nourriture et des boissons, d'autres des tuniques, des jouets ou des fanions, comme ceux que Kenny avait vus en ville. Des enfants jouaient au chevalier attaquant le dragon, et se poursuivaient entre les sièges de pierre et le long des allées. Plus d'une fois, Kenny entendit des gens parier sur le vainqueur.

La fin d'après-midi arriva avec un événement que personne n'attendait. À ce moment, la plupart des habitants de Rond-le-Ruisseau se trouvaient sur la colline et la nouvelle avait dû faire le tour des villages environnants, car il y avait bien plus de spectateurs que de places assises. Tous furent intrigués par l'impressionnant cortège qui venait d'apparaître sur la route de l'Est et avançait droit sur la colline. Un marchand grimpa sur son chariot et scruta l'horizon avec une petite paire de jumelles.

— Le roi ! Le roi !

Cela ne faisait aucun doute, il s'agissait bien du roi. Il arrivait dans son magnifique carrosse tiré par des chevaux et escorté de soldats en armes qui ressemblaient à Georges – en plus jeunes. Ces derniers firent halte au dernier rang de l'amphithéâtre et se mirent à construire une petite tour avec un balcon pour le roi et ses courtisans. Caché dans un arbre, Kenny ne perdait pas une miette du spectacle. L'édifice terminé, il vit les gardes dérouler un tapis violet et se poster de chaque côté afin qu'aucun spectateur ne s'approche trop près de Sa Majesté. Le roi était suivi de ses deux fils, de son bouffon et de Georges, qui avait revêtu ses plus beaux atours. Alors que tout le monde les regardait monter dans la loge royale, Kenny descendit de son arbre et dévala la colline. « C'est comme un jeu d'échecs géant », pensa-t-il. Il ne reste plus qu'à avancer vers un dénouement favorable.

L'après-midi touchait à sa fin et les spectateurs commençaient à s'impatienter. Les plus agités chantaient et tapaient du pied. Très peu remarquèrent le petit lapin qui allumait les lampions. Kenny savait qu'il était temps de mettre son plan à exécution. Une fois les arbres illuminés, il regarda sa mère et lui fit un signe de tête. D'un pas solennel, cette dernière marcha jusqu'au piano, alluma les bougies et joua les premières notes d'une inquiétante mélodie. Aussitôt, tous les spectateurs se turent et se tournèrent vers l'arène.

Kenny avança doucement jusqu'au centre du champ de bataille. Il leva les yeux. C'était très impressionnant, il n'avait jamais vu autant de personnes rassemblées de toute sa vie. Bizarrement, la rivière de cailloux n'était pas revenue. À la place, il y avait la flamme qui dansait au creux de son ventre. Il ne s'agissait pas d'un compte rendu de lecture. Il ne serait pas noté à la fin. Soit son plan marchait, soit… l'un de ses amis ne verrait pas le coucher du soleil. Mais sa mère, son père, Georges, Grahame et même Charlotte lui faisaient confiance. Ils avaient tous trouvé son plan génial. Désormais, tout reposait sur lui. Kenny regarda ses petites pattes, inspira un grand coup et ouvrit un grand livre relié en cuir.

— Le dragon, lut-il d'une voix tremblante, du latin *draco* et dérivé du grec *draconta*, est la plus grosse créature vivant sur terre.

À ces mots, des murmures parcoururent l'assemblée. Kenny sentit la petite flamme virevolter et embraser son ventre et sa poitrine.

— Quand un dragon sort de sa grotte, il s'envole dans le ciel, porté par les airs et entouré d'explosions, car il arrive des plus profondes régions des Enfers.

À ce moment, on entendit des petits cris dans le public. Une mère posa ses pattes sur les oreilles de son enfant.

La flamme gagna la gorge de Kenny qui continua d'une voix haute et claire afin que personne ne manque un mot de ce qu'il avait à dire.

— Le dragon tire sa force de sa longue et dangereuse queue recouverte d'écailles. Ainsi, il suffit de la nouer pour le mettre hors d'état de nuire. Mais, attention, le dragon tue quiconque s'approche de ses griffes acérées.

Kenny ferma le livre d'un coup sec. La flamme dansait maintenant sur le bout de sa langue.

— Qui, parmi nous, saura repousser ce terrible fléau de notre royaume ? demanda-t-il.

— Moi ! s'exclama Georges.

Tous se tournèrent vers la loge royale et virent le chevalier descendre l'allée principale, Charlotte à ses côtés, magnifique dans une élégante robe blanche, les cheveux retenus par des rubans et piqués de fleurs. Georges portait son armure dorée, si bien astiquée qu'elle brillait comme un sou neuf. Il tenait son bouclier sculpté dans une main, le bras de Charlotte dans l'autre. Sa cape en soie écarlate ondulait derrière eux.

— Avant toute chose, un baiser d'une jolie demoiselle ! clama Georges. Car cela pourrait bien être mon dernier jour au combat...

Charlotte serra le vieil homme dans ses bras et déposa un petit baiser sur sa joue.

À cette vue, Kenny sentit le bout de ses oreilles rougir. Il secoua la tête pour se reconcentrer et reprit la parole :

— Vaillant chevalier, non seulement vous aurez besoin d'un cœur noble et d'un esprit valeureux pour vaincre la bête, mais il vous faudra aussi des armes magiques. Avez-vous de tels instruments en votre possession ?

— Oui, répondit Georges en brandissant son bouclier et son épée, afin que tout le monde les voie. Mais, hélas... soupira-t-il, ils ne sont pas enchantés.

— Alors cela ne marchera pas. Et la mort vous fauchera sur le champ de bataille !

Un grondement sourd s'éleva du public.

— À moins que…, dit Kenny comme s'il venait juste d'avoir une idée, un magicien se trouve parmi nous. Y aurait-il quelqu'un ici qui puisse jeter un sort à ces armes ?

Les têtes se tournèrent de droite et de gauche, les spectateurs se regardant les uns les autres. Le père de Bouffi hurla :

— Qu'on en finisse !

Mais un concert de « chut » l'obligea à se taire.

Kenny inspira une longue bouffée d'air et attendit debout, face aux centaines de spectateurs.

— Allez, murmura-t-il, c'est le moment.

Enfin, quelqu'un se manifesta au fond du public, juste à côté de la tour du roi.

— Eh, oh !

Des murmures circulèrent dans la foule et tous tendirent le cou pour voir de qui il s'agissait.

Un vieillard, coiffé d'un chapeau à large bord, se leva en s'appuyant sur une fourche. Il portait un long manteau sombre, brodé d'étoiles et d'étranges symboles.

— Je peux enchanter votre matériel si c'est c'que vous voulez, dit-il d'une voix rauque.

Les spectateurs s'écartèrent pour laisser passer cet étrange personnage qui rejoignit Kenny et ses compagnons en boitillant.

Puis il approcha de Georges et s'exclama :

— Jette cette épée ! Elle ne t'apportera rien de bon. À la place, utilise donc cette fourche magique.

Il gratta la boue et les saletés qui maculaient son extrémité, dévoilant des dents d'une éclatante couleur dorée. Il la leva ensuite au-dessus de sa tête afin que le public la voie.

— Sers-t'en pour coincer la queue du dragon, continua-t-il. Comme ça, tu pourras faire un nœud et anéantir la bête.

Le magicien sortit une bouteille de son manteau et versa son contenu sur le bouclier du chevalier.

— Cette potion te protégera des flammes du dragon. Maintenant…, dit-il en se tournant vers le public, tu es prêt !

Les spectateurs applaudirent à tout rompre tandis que le vieux magicien regagnait sa place clopin-clopant. Les gens le félicitaient, lui tapaient dans le dos et le couvraient de louanges. Kenny sentit les battements de son cœur s'accélérer.

— Voilà qui est fait ! cria-t-il, attirant de nouveau l'attention sur lui, mais il reste encore une chose.

— Vraiment ? s'étonna Georges.

— Oui, il vous faut un appât pour attirer le dragon hors de sa tanière enfumée, répondit Kenny.

— Je lui lance un défi royal, n'est-ce pas suffisant pour le faire sortir ?

— Non, répondit Kenny.

Le public était pendu à ses lèvres. Il tendit un doigt vers Charlotte.

— En revanche, pour *elle*, il sortira !

Le public poussa un cri de terreur.

— Vaillant chevalier, il y a une seule et unique chose à laquelle un dragon ne peut résister : le goût sucré d'une jolie demoiselle. Attachez cette fille à l'arbre. Ses hurlements ne manqueront pas d'attirer la vilaine créature !

— Non, non ! s'exclamèrent quelques spectateurs, mais la plupart étaient tellement choqués qu'ils ne pouvaient plus parler.

Georges attrapa Charlotte par les poignets et l'attacha au chêne noueux qui se trouvait près de l'entrée de la grotte.

À ce moment, les protestations de la foule redoublèrent mais cela ne suffit pas à couvrir les appels à l'aide de Charlotte. Ignorant les sanglots de la jeune fille, Georges se débarrassa de sa cape et brandit ses armes, prêt au combat. Kenny se plaça devant l'entrée de la grotte, ouvrit grand les bras et déclara: « QUE LA BATAILLE COMMENCE ! »

Chapitre douzième

Une bête féroce

Le piano continua à jouer, en rythme avec les cris déchirants de Charlotte. Les spectateurs commencèrent à se lever et à s'éloigner de l'arène. Certains quittèrent même l'amphithéâtre et Kenny entendit un fermier s'exclamer :

— Je n'en attendais pas tant !

— Finalement, ce n'était peut-être pas une si bonne idée, ajouta quelqu'un.

— Je… je… je ne veux pas voir ça, bégaya une troisième personne.

Tandis que la foule remontait les allées vers la sortie, une énorme boule de feu jaillit de la grotte, enflammant la tapisserie en lambeaux et soufflant un nuage de fumée grise sur l'amphithéâtre. Cet épais brouillard recouvrit les spectateurs, qui ne distinguèrent plus rien, même pas les gens qui se trouvaient à côté d'eux. Tous se figèrent, sans savoir s'il valait mieux s'enfuir à l'aveuglette ou rester groupés.

Puis une voix froide, profonde et reptilienne retentit au-dessus de la foule. Elle semblait venir de partout.

— Bien, bien, bien. Quelle réception !

Personne n'osa prononcer le moindre mot, mais tous essayaient d'apercevoir la bête à travers l'écran brumeux. Ils entendirent un battement d'ailes. Puis une bourrasque de vent tiède balaya la fumée, dévoilant un énorme dragon *derrière* le public, à côté de la loge du roi, ce qui rendait toute tentative de fuite impossible. Agitant ses immenses ailes parcheminées, le monstre sourit et révéla une rangée de dents pointues.

— On dirait que toute la ville s'est donné rendez-vous, gronda-t-il. Quel festin !

Grahame inspira profondément avant de cracher une longue gerbe de flammes, droit vers le ciel. Aussitôt, une pluie de cendres incandescentes retomba sur l'amphithéâtre, comme s'il neigeait du feu. Le dragon bondit sur la tour du roi et regarda ce qui se trouvait à l'intérieur.

— Ah, ah ! Commençons donc par un amuse-gueule royal !

— Recule ! Va-t'en ! Ouste ! glapit le roi avant d'attraper ses deux fils et de se cacher derrière le bouffon.

— Dragon !

La voix de Georges traversa la foule et détourna l'attention de la bête.

— C'est avec moi que tu dois te battre, canaille !

— En effet, répondit Grahame en décollant de la tour, ce qui la fit s'écrouler en mille morceaux.

Il décrivit alors quelques cercles au-dessus du public. Ses immenses ailes battaient l'air, emportant la camelote des marchands, la cendre et les fanions. Puis il plongea vers l'arène. À ce moment, les spectateurs poussèrent des hurlements et s'enfuirent de tous côtés. Le roi se dégagea des débris de la tour.

— Ma parole ! Il s'agit bien là d'une bête féroce ! s'exclama-t-il. Qu'en pensez-vous, les garçons ?

— Ouah ouh ! s'écrièrent-ils en chœur.

— Démon ! Prépare-toi à ton extermination *imminente* ! rugit Georges en se ruant dans l'allée où s'était posé Grahame.

— Petit chevalier, je te mangerai tout cru et ton arme enchantée me servira de cure-dent ! Ensuite, je croquerai cette charmante demoiselle en guise de dessert !

À ces mots, Grahame bondit sur Georges qu'il frôla avant de se poser au centre de l'arène. Il battit alors furieusement des ailes, la mine féroce, et de la fumée s'éleva en volutes. Elle emplissait l'air de manière spectaculaire, s'enroulant et tournoyant autour de la mère de Kenny qui continuait à jouer du piano.

Kenny entendit des gens crier :

— Fuyons avant qu'il nous attrape un par un !

— Nous n'avons nulle part où aller ! On est pris au piège !

Pétrifié sur son siège au premier rang, papi Possum tomba dans les pommes. Le petit garçon qui se trouvait à côté de lui agita son épée en bois.

— Va-t'en, dragon ! brailla-t-il.

— Recule, sale bête ! hurla Charlotte.

Toujours attachée à l'arbre, la jeune fille lançait des coups de pied au dragon. De son côté, Georges entrait lentement dans l'arène, la fourche levée comme une lance. Il ne lâchait pas Grahame des yeux, suivant le moindre de ses mouvements.

— Tu te fatigues pour rien ! Ton heure a sonné !

— C'est ce qu'on verra, rétorqua le dragon.

D'un coup de queue, il fit voler la fourche des mains de Georges. Cette dernière partit comme une flèche et se planta dans le tronc d'un chêne qui bordait la grotte.

Le dragon émit un méchant ricanement en voyant la fourche se ficher dans l'arbre. Profitant de cet instant d'"inat-
tention, Georges piqua un sprint,
bondit sur le dos luisant d'écailles
et dégaina son épée.

— Démon ! Ta fin
est proche !

Au même moment,
le dragon se cabra
comme un cheval sau-
vage. Georges perdit
l'équilibre et lâcha son
épée qui tomba sur le
piano, le transperçant

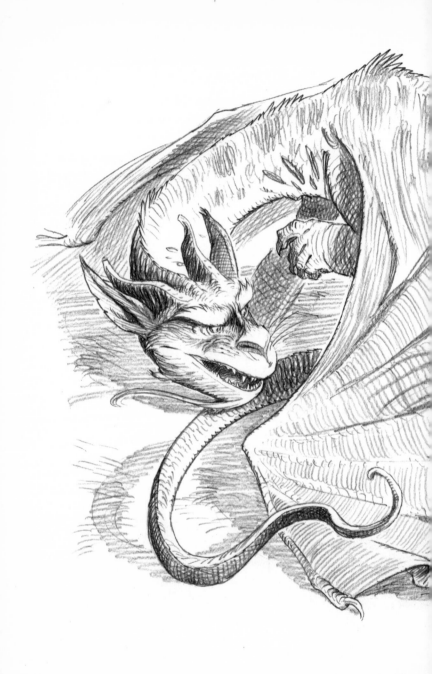

de part en part. Une fausse note résonna et la mère de Kenny s'arrêta de jouer un instant, avant de reprendre avec encore plus d'énergie qu'avant. Le chevalier s'agrippait toujours au dragon qui décrivait des bonds pour se débarrasser de lui.

Les spectateurs hurlaient et couraient dans les allées de l'amphithéâtre. Certains, cependant, étaient tellement impressionnés par le combat qu'ils en oublièrent le danger et se rapprochèrent pour mieux voir ce qui se passait dans l'arène.

Enfin, Grahame se posa sur la grotte. Contractant les muscles de son dos comme un chat, il fit courir une ondulation le long de sa colonne vertébrale, ce qui obligea Georges à desserrer sa prise. Le dragon se cabra à nouveau, avant d'éjecter le chevalier au-dessus du champ de bataille. Le chevalier décrivit un arc de cercle et s'écrasa dans un arbre. Des branches se brisèrent sous le poids de son armure à mesure que l'épais feuillage l'engloutissait.

Une fois de plus, Grahame émit un horrible ricanement.

— Ta fin a sonné, soldat de plomb ! lança-t-il de sa voix caverneuse et glaciale. Et maintenant, je vais me régaler en dégustant votre délicieuse et charmante damoiselle !

Mis à part quelques sanglots, la foule resta silencieuse. Kenny se tordait les mains et osait à peine respirer.

— C'est presque fini, murmura-t-il. Allez, Georges.

Charlotte se mit à crier à pleins poumons. Le dragon s'approcha d'elle. Il tournait maintenant le dos au chevalier qui en profita pour sauter de l'arbre, la fourche à la main, et clouer la queue du dragon au sol. Kenny poussa un soupir de soulagement.

— Tu en veux encore ? Voilà ton bûcher funéraire ! tempêta Grahame.

Il inspira profondément, prêt à griller le chevalier dans une énorme boule de feu, mais sa gueule grande ouverte ne laissa échapper qu'un minuscule nuage de fumée. Il réessaya, s'étouffa, toussa et ne parvint à souffler qu'un rond de fumée.

Les spectateurs les regardaient, complètement abasourdis. Georges brandit alors la queue nouée à deux mains, puis il détacha Charlotte et retira son épée du piano.

— Le dragon est vaincu ! s'exclama-t-il.

Le public poussa des hourras et applaudit à tout rompre. Le chevalier jeta un coup d'œil à Kenny, qui lui sourit.

Mais l'ovation se transforma vite en cris hargneux :

— Qu'on lui coupe la tête ! Qu'on lui coupe la tête ! clama la foule.

Le petit lapin vit Georges poser son épée sur le cou du dragon, puis lever les yeux vers le roi. Le silence s'abattit sur l'amphithéâtre et tous les spectateurs se tournèrent vers celui qui allait donner l'ordre final.

Debout devant les décombres de sa tour, le roi observa le dragon en se caressant la barbe d'un air pensif. Kenny vit l'un des princes chuchoter à l'oreille du souverain.

— Quoi ? s'exclama-t-il. Sûrement pas !

À ce moment, la foule se remit à murmurer et le second prince se pencha à son tour pour parler à son père.

— D'accord. D'accord, si c'est ce que vous voulez tous les deux.

Les garçons sourirent et hochèrent vigoureusement la tête. Enfin, Sa Majesté se racla la gorge et annonça de sa voix grave :

— Vaillant chevalier, ce démon est-il réellement vaincu ?

Georges éloigna son épée.

— Sans aucun doute, Votre Majesté.

— N'a-t-il plus moyen de nuire à cette ferme, à cette ville et à ses environs ?

Georges rangea l'épée dans son fourreau.

— Je suis certain qu'il ne représente plus le moindre danger.

— En effet, intervint Grahame qui s'avança de quelques pas et salua le public d'une courbette. J'ai tiré la leçon de mes erreurs.

— Alors j'ordonne la fin de ce combat, trancha le roi. Monsieur Georges est déclaré vainqueur.

Un tonnerre d'applaudissements accueillit les paroles du roi. Kenny était soulagé. Ils avaient réussi à berner la ville entière sans qu'aucun de ses amis ne soit blessé.

Malheureusement, quelqu'un d'autre déboula dans l'arène.

Car, voyez-vous, lorsque Grahame s'était levé pour saluer, sa queue avait glissé de sous la fourche – et ce n'était pas passé inaperçu.

Le père de Bouffi arriva en agitant les bras.

— Eh ! Attendez une minute !

Il saisit l'instrument enchanté et le leva au-dessus de sa tête. Un murmure parcourut le public.

— Toute cette histoire n'est qu'une blague ! C'est truqué depuis le début ! Le grand-père n'a jamais voulu tuer le dragon ! aboya-t-il en montrant Georges.

Il frotta les dents de la fourche.

— Et cet outil n'a rien de magique ! Ils l'ont juste peint en doré !

Le cœur de Kenny tambourinait si fort dans sa poitrine qu'il n'entendait plus que tapatap tapatap tapatap. Balayant la scène du regard, il vit sa mère, Charlotte et Georges qui dévisageaient le père de Bouffi. Finalement, il croisa les yeux jaune citron de Grahame. Pour la première fois depuis qu'il l'avait rencontré sur cette colline, il y vit de la peur.

— Je propose que chacun prenne ses responsabilités et qu'on règle cette affaire une bonne fois pour toutes ! beugla le père de Bouffi, la fourche pointée sur la poitrine de Grahame. Qui est avec moi ?

Chapitre treizième

Le meilleur spectacle de leur vie

Les yeux de Kenny s'arrondirent. La rivière de cailloux, les larmes et la flamme dansante, tout ce mélange au fond de lui était prêt à exploser. Il ne pouvait laisser les villageois tuer Grahame ! Mais il n'avait plus de pions à jouer, plus de stratégie en réserve, plus de livres pour l'aider…

— NON ! hurla-t-il. Ne le tuez pas !

Il fonça sur le dragon et s'interposa entre lui et la fourche.

— C'est mon meilleur ami au monde ! Il ne fera jamais de mal à personne !

Le père de Bouffi ne se laissa pas attendrir.

— Pousse-toi, gamin, il faut régler son compte à ce démon !

— Dans ce cas, intervint la mère de Kenny, vous devrez nous passer sur le corps.

Elle se faufila derrière son fils, entre la fourche et le dragon.

— Et sur le mien aussi, renchérit le magicien qui ôta son chapeau, révélant le visage familier du père de Kenny.

Ce dernier rejoignit sa femme et tous les deux posèrent leurs mains sur les épaules de leur fils.

Un silence de mort s'était abattu sur le public. Le père de Bouffi sembla hésiter mais il n'abandonna pas la partie pour autant.

Georges et Charlotte prirent place à côté des parents de Kenny. Ils se tenaient maintenant tous les cinq entre l'arme et le dragon.

— Évidemment qu'ils le défendent ! cria le père de Bouffi en direction de la foule, ça fait partie de leur petit spectacle ! Mais ce monstre *doit* mourir avant qu'il ne tue l'un d'entre nous !

À ce moment, Bouffi lui-même rejoignit Kenny et sa bande.

— Le combat était super. Il faut vraiment qu'on tue le dragon, papa ?

Ce dernier cligna des yeux et eut un léger mouvement de recul.

Kenny n'entendait plus que sa propre respiration, qui haletait en rythme avec l'énorme cœur du dragon qui, lui, battait la chamade.

« Ô mon Dieu, pensa le petit lapin. Grahame est nerveux. Et quand il est nerveux… »

— Hic !

Une boule de feu jaillit de sa gueule et s'écrasa sur le père de Bouffi. Ce dernier demeura immobile, les yeux écarquillés, sous le choc. Les flammes avaient roussi tous les poils de son corps et de la fumée s'échappait du bout de ses oreilles.

Un rire sonore et un claquement de mains retentirent au fond de l'amphithéâtre.

— Encore ! Encore !

Les spectateurs se retournèrent et virent Sa Majesté le roi descendre l'allée principale. Ses fils et lui battaient des mains comme des fous et riaient à gorge déployée. Le bouffon ne tarda pas à se joindre à eux, sifflant, poussant des hourras, et clamant :

— Encore ! Encore !

Kenny entendit ses cris se propager à travers le public et, bientôt, ce fut la colline entière qui scanda :

— ENCORE ! ENCORE ! ENCORE !

Des spectateurs se précipitèrent sur la scène et hissèrent Georges, Charlotte, les parents de Kenny et le petit lapin lui-même sur leurs épaules. Ils les portèrent ainsi tout autour de l'amphithéâtre, au milieu des cris et des félicitations. Kenny regarda Grahame, son meilleur ami du monde entier, et sourit. Le dragon lui rendit la politesse, étirant un grand sourire qui découvrit toutes ses dents, puis il fit grimper un groupe d'enfants sur son dos et caracola gaiement dans l'arène avec le reste de la foule.

Le soleil finit par disparaître derrière les collines, les nuages se teintèrent d'un rouge profond avant de s'apaiser et de se parer d'une jolie couleur lavande. À l'horizon, les petites lumières de Rond-le-Ruisseau se mirent à scintiller, mais personne ne le remarqua : ils étaient tous trop occupés à célébrer le meilleur spectacle de leur vie.

Chapitre quatorzième

Un dénouement favorable

— C'est une question de hiérarchie, dit le père de Kenny, le matin suivant, en tendant une fourche à son fils. Quand on découvre qui est vraiment le chef, ça change les rapports de force.

C'était l'aube, au lendemain de la grande bataille. La fête avait duré une grande partie de la nuit. Kenny et ses amis avaient rejoué des extraits de leur pièce devant des petits groupes de spectateurs enthousiastes. Maintenant, ils étaient de retour sur la colline pour nettoyer le site.

Évidemment, le père de Bouffi n'était pas au rendez-vous, mais Bouffi était là. Il semblait très excité de voir un vrai dragon – comme l'avait été Kenny au début – et trouvait Grahame plus poilu et hirsute qu'il ne l'avait imaginé. En fait, plusieurs camarades de Kenny, dont Charlotte, étaient venus donner un coup de main.

— On a fait un malheur, hier, dit Charlotte en jetant une épée cassée à la poubelle.

Le dos de sa main posé sur son front, elle battit des paupières.

— J'avais toujours rêvé de jouer une damoiselle en détresse, plaisanta-t-elle.

Kenny lui sourit.

— Eh, bonhomme ! lança Grahame qui passait le balai devant sa grotte. J'ai l'impression que Georges arrive… avec des amis.

En effet, le cortège du roi venait d'apparaître sur la route.

Lorsqu'il parvint au sommet de la colline, les parents de Kenny rejoignirent leur fils. Les jeunes chevaliers se placèrent de chaque côté du carrosse et le cocher sauta à terre pour ouvrir la porte. Le bouffon sortit, puis les deux princes, Georges, et enfin le roi.

— Kenneth Lapin, dit ce dernier en s'avançant vers lui, il fallait absolument que je vienne te parler avant de regagner le palais.

Kenny sentit sa gorge se serrer. Il jeta un coup d'œil à Georges.

— V… vous n'allez rien faire à Grahame, n'est-ce pas ? demanda-t-il.

— Mon Dieu, non ! répondit le roi avec un grand sourire. J'aimerais que vous veniez présenter votre pièce à la cour.

La mère de Kenny poussa un cri de surprise. Son père laissa échapper un sifflement.

— Ouah ! Génial ! s'exclama Charlotte.

Kenny n'en croyait pas ses oreilles. Il se tourna vers Georges. Le vieux chevalier souriait à s'en décrocher la mâchoire.

— Mes garçons et moi ne nous étions pas

autant amusés depuis des années, ajouta le roi, et Georges me dit que tout est de toi. Alors qu'en dis-tu, jeune homme ?

— Moi je suis d'accord. Grahame, qu'en penses-tu ?

Le dragon les regarda l'un après l'autre, puis il sourit de toutes ses dents, et répondit :

— D'après ce qu'on m'a dit, les cuisiniers du roi préparent des merveilles que vous n'imagineriez même pas en rêve. Avez-vous déjà goûté la Tarte Autrichienne à la Framboise ?

Et donc...

Voilà comment notre histoire se termine. Kenny et compagnie se rendirent comme prévu au palais du roi, où ils jouèrent une semaine d'affilée à guichet fermé. C'est à ce moment que moi, l'historien de Sa Majesté, j'eus l'occasion de rencontrer le petit lapin et son meilleur ami le dragon.

Ils firent la fête à la cour, visitèrent la bibliothèque royale et goûtèrent une multitude de mets délicieux (dont la Tarte Autrichienne à la Framboise). La mère de Kenny fit même sa recette de crème brûlée pour le roi !

Finalement, quand les membres de la troupe rentrèrent à Rond-le-Ruisseau, un formidable défilé les accueillit. Les habitants les saluèrent, les félicitèrent et leur témoignèrent leur admiration parce qu'à ce moment-là le récit de leurs aventures avait déjà fait le tour du royaume.

À la fin de l'été, la vie reprit son cours normal. Kenny continua à vivre avec ses parents, il retourna à l'école, accomplit ses corvées à la ferme et, de temps en temps, il donna même un coup de main à Charlotte à la librairie. Parce que, voyez-vous, le chevalier avait reçu une nouvelle mission du roi : il devait parcourir la campagne afin d'établir une révision du Bestiaire royal de Sa Majesté. Kenny tenait fermement à ce que cette nouvelle version fasse l'objet de recherches méthodiques et approfondies, il aidait donc autant que possible le vieux libraire.

Le célèbre petit lapin de Rond-le-Ruisseau passa le reste du temps avec ses amis, à faire voler des cerfs-volants, à peindre des couchers de soleil et à jouer des pièces dans l'amphithéâtre qu'il avait construit avec Grahame.

Un dimanche, par un bel après-midi d'automne, Kenny pédala jusqu'à la Colline du Berger. Il sauta à terre et posa son vélo contre le saule pleureur. Son ami, roulé en boule, faisait la sieste devant l'entrée de la grotte.

— Coucou, Grahame, dit-il afin d'avertir le dragon de sa présence.

L'énorme bête ouvrit un œil brillant, s'étira, et s'offrit un formidable bâillement. Puis il se lécha les babines et dit :

— Bonhomme ! Je faisais un petit roupillon au soleil. Que se passe-t-il ?

— Maman sert le dîner plus tôt, aujourd'hui, répondit Kenny en sortant quelque chose de son cartable. Georges et Charlotte sont déjà là. Je suis venu te prévenir et te montrer ça. C'est un nouveau livre que j'ai emprunté.

Le dragon se redressa et frotta ses pattes couvertes d'écailles l'une contre l'autre.

— Oh, laisse-moi voir ! Qu'est-ce que c'est ? Des animaux préhistoriques ? Des créatures de l'ère glaciaire ? De la poésie de la Renaissance ?

Kenny lui tendit le fin volume.

— Non, c'est un conte de fées écrit par un Anglais. Georges m'a assuré que nous allions adorer.

— *Le Dragon malgré lui*, lut Grahame en chaussant ses lunettes. J'aime déjà le titre… Oh, les jolies illustrations !

— Allez, viens, l'arrêta le petit lapin en se dirigeant vers son vélo. Allons d'abord manger, nous le lirons après le dîner !

Le dragon laissa le livre et ses lunettes à l'intérieur de la grotte et suivit Kenny jusqu'au saule pleureur.

— Ça me semble une excellente idée. Qu'est-ce que ta mère a prévu au menu ?

— Euh, du soufflé, des carottes glacées, et je crois qu'elle a fait la Tarte Autrichienne à la Framboise du roi pour le dessert, on...

— ... ferait mieux de se dépêcher ! le coupa Grahame en agitant joyeusement les ailes.

— Le premier arrivé a gagné !

Lorsque le petit lapin et le dragon s'élancèrent dans la pente, tout le monde put entendre leurs rires tourbillonner dans le vent.

Table des matières

Cet ouvrage a été composé par
PCA - 44400 REZE

Dépôt légal : octobre 2010
Imprimé en France en septembre 2010
par Hérissey à Evreux (Eure)

 12, avenue d'Italie • 75627
PARIS Cedex 13